Demi-tour

Simon GARNIER

Demi-tour

Publibook

Dialoguez avec l'auteur, et retrouvez cet ouvrage accompagné de la critique de notre club de lecture, des commentaires des lecteurs, sur le site Publibook :

http://www.publibook.com

Publibook, Paris, 2004

Publibook,
133 ante, rue de l'université
75007 Paris – France
Tél : 33 (0)1 47 05 69 10

IDDN.FR.010.0102289.000.R.P.2004.035.40000

Mon père

Papa, mon père,

C'est avec stupeur que ma main t'écrit cette lettre. Je la sais prête à jeter sur le papier quelques mots qui rugissent dans ma tête, et je ne veux plus la retenir. C'est trop tard. Je suis emporté par la volonté de ma main, je sais que cela va te faire mal, et même si j'aimerais t'éviter cette peine, je sens bien qu'il faut que je te la jette enfin.

Souviens-toi, je suis tout petit.

Une douleur féroce taraude ma tête et me fait pleurer toutes les larmes de mon corps. Je n'y comprends rien à ce problème de maths avec lequel tu me tannes depuis une demi-heure. Je comprends encore moins ton regard furibond, tranchant, terrible qui me débite en lamelles.

Je travaille des heures, le soir, le matin, l'après-midi, le mercredi, le samedi, le dimanche pour que tu me foutes la paix. Ce n'est jamais assez, je ne suis pas assez pugnace, pas assez bon en latin, pas assez accrocheur en maths.

Je lis Pagnol. Tu me dis, Ah ! si seulement tu avais autant de talent que Lui, tu n'aurais pas besoin de travailler autant tes maths. Tu es tellement fort, tu as tellement raison, tu le cries si souvent après ma mère, que cela doit être vrai. J'use les minutes, le temps sur les maths.

Je joue une heure chez mon copain Christian, et ta voix surgit de son téléphone pour me flageller de toute ma mauvaise conscience de mauvais fils qui ne fait pas ses devoirs.

Ma sœur et mon copain Christian partent faire une balade en vélo, et je prends un coup de pied dans le cul parce que je n'ai pas fait mes devoirs.

Je joue au ping-pong, mais je ne sais pas parler d'autre chose à mes camarades que de mes exercices de maths supplémentaires. Bientôt ils se détournent de moi, me laissent seul face à toi.

Ce matin, j'ai très mal à une oreille. Mais ce n'est pas vrai, je n'ai pas suffisamment mal pour ne pas aller au collège, c'est toi qui le sais et le dis. J'ai trop mal, le docteur m'examine, j'ai une otite, il m'endort pour m'opérer. Cette petite mort est un refuge qui m'emporte en douceur vers la quiétude en pleine journée de collège.

Toi aussi tu fais tes devoirs, tu rentres tard le soir pour repartir aussitôt vers ta réunion politique. M'écouteras-tu un jour ?

Les années passent, des milliers de cours pendant lesquels j'ai les yeux rivés sur l'écran de ma montre. J'ai masqué les heures et les minutes avec mon stylo-plume, ne laissant visible que les secondes. Je suppute les siècles qui passent et me rapprochent malgré tout des quelques minutes de délivrance que sont les trajets entre le collège-lycée et l'appartement. Il est garni de profs, l'immeuble, il est tout prêt du collège-lycée. Pour ne pas perdre de temps et d'énergie dans les transports. C'est vrai que je n'en ai jamais connu, des vrais transports, de ceux qui font que la vie est une eau qui éclate en feu d'artifice sur les papilles et le palais. Je rencontre mes profs dès le matin ou encore le soir. Mon beau-frère est un copain de mon prof d'allemand. Je regarde la neige briller au loin, au soleil, ces dimanches pendant lesquels tu skies et où je travaille.

Je commence à regarder les jambes, les seins et les cheveux des filles. Mais seuls les faibles s'adonnent au sexe, ceux qui ne savent pas ce que l'avenir leur réserve, qu'on les mène par le bout du nez, qui ne sont que des veaux. Bientôt je ne sais pas parler aux filles, j'ai trop honte, elles se détournent et me laissent seul avec moi-même, face à toi.

Je travaille tellement que même lorsque j'ai des mauvais résultats, on me regarde comme le premier de la classe. C'est l'âge des boums, et personne ne m'invite.

Tu rentres dans ma chambre, sans prévenir, tu violes les quelques mètres carrés de liberté que je t'ai volée.

Il faut parler anglais, il faut voir du monde, il faut s'ouvrir l'esprit. Je mange des sandwiches au concombre tous les midis, je visite Londres, je parle anglais et je rentre me réfugier dans ma chambre de cette banlieue anglaise. Les rues sont toutes à angle droit, parfaitement orthogonales ou parallèles. Les maisons sont toutes les mêmes. Des jours que j'erre dans ce labyrinthe, de perdition en errance. Toute une ville avec un seul et unique plan, quel génie ! Alors à quoi bon, les habitants sont différents de moi, mais ils sont forcément sortis d'un même moule pour habiter dans un tel environnement. Je ne les comprendrais jamais, de cœur. Un nuage passe au-dessus du jardin, si seulement il m'emmenait…

Je suis fatigué, je sors de l'adolescence. Je joue au volley, mais je dois garder de l'énergie pour travailler à l'université, c'est plus important. Je ne joue plus, et me noie dans des études inutiles. Le mal de tête, et mon cœur lourd sont mes compagnons fidèles.

Les équations sont sèches de cœur et me dessèchent le mien. Le soir, je suis premier de cordée, une femme m'aime et vient me chercher mourant dans la crevasse de mon éducation de galérien. Le matin, elle n'est pas là, jamais. Même mes rêves me fuient, je les tue à la naissance, il ne faut pas qu'ils prennent leur envol et m'arrachent à la réalité unique et impérieuse du travail. Il y a toujours quelque chose à faire pour être un peu meilleur, un peu moins mauvais, un peu plus performant, un peu moins humain. La vie c'est la retraite, la vie c'est la mort, la vie c'est jamais.

Technico-commercial, ça c'est un métier d'avenir. Technico-Commerce, c'est mon avenir. Les B52 passent au-dessus de ma tête tous les matins pour aller bombarder l'Irak alors que j'apprends le technico-commerce, et c'est mon avenir qu'ils pulvérisent.

J'ai fini mes études, et la dépression m'emporte de sa gigantesque déferlante vers les confins de moi-même. Je n'en peux plus de mes oreilles qui claquent au moindre son, je n'en peux plus du bruit de la ville, de l'interrupteur du couloir qui claque à ton passage. Tu vas surgir et entrer dans ma chambre, sans demander la permission, sans vergogne, en quête de mots à la place d'un haussement d'épaule. Tiens, tu as envie de m'écouter, de m'entendre ? C'est trop tard, je ne suis plus que la colère et la douleur de la vie que tu m'as volée.

On petit déjeune à sept heures, on déjeune à midi, on dîne à sept. La partition est parfaite, immuable.

Ma mère orchestre le tout avec le silence et le sérieux des cathédrales froides sous le brouillard des nuits de novembre. Je ne me souviens jamais du son de sa voix, ni de son visage. Un jour, je ne me souviendrai que de son silence. Est-ce une résignation, est-ce une rébellion muette ? Je cauchemarde de toi.

Je travaille pour gagner ma vie. C'est bien la preuve que je suis mort, que j'ai tout à faire pour enfin gagner les rivages inconnus de la vie.

Tu ne m'as appris que le travail, jamais le bonheur.

Tu ne m'as jamais écouté, tu ne sais que parler.

Tu ne sais pas la faiblesse d'avoir tort, tu es la raison omnipotente.

Tu ne m'as jamais donné la vie, tu m'as infligé la mort.

Je reviendrai les yeux pleins du monde qui m'entoure, du ciel au-dessus de moi, de l'air que je respire.

Je te parlerai des sons de la terre, des mots des hommes, de la vie qui anime toutes choses, même celles que l'on croit mortes.

Mon corps frissonnera de l'amour de cette femme d'une heure, d'une nuit ou de toute une vie. Pour de rire, pour rien, pour de vrai, pour de faux, pour le plaisir, pour un geste, une parole ou un regard, pour un instant sans raison.

Nous te raconterons les montagnes, les mers, les villes, les déserts et les êtres humains qui dansent leur folle sarabande autour nous.

Les rires illumineront les visages, il fera trop chaud, nous aurons trop bu et trop mangé, ivres de vie à cette table de fête.

Et si tu m'entends, un instant, rien qu'un, je te pardonnerais.

La Vie résumée

Il est grand. Les mâchoires serrées soulignent la force implacable qui s'échappe de ses yeux qui toisent lentement, méticuleusement, l'assistance qui s'installe, un rien angoissée de cette réunion solennelle. Ses cheveux sont impeccablement rangés. Il les a domptés à jamais. Son costume noir tranche sur sa chemise blanche barrée d'une cravate dont le nœud, absolument parfait, en dit long sur ses exigences.

Ses chaussures sont pointées dans notre direction. Et l'on sent bien, à leurs petits bouts acérés, qu'elles sont faites pour mordre : elles concentrent l'énergie du pied en ce point létal qu'est le bout. Un tel homme avec de telles exigences et de telles armes ne doit pas supporter de ne pas avoir le nec plus ultra pour mettre en évidence les fautes, les faiblesses, les erreurs et couper les têtes.

Je n'arrive pas un seul instant à imaginer un homme aussi glacial, aussi puissant, tomber amoureux, avoir une femme, des enfants qui bavouillent et font des areuh-areuh attendrissants qui le rendent gâteux, donc humain. Non, un tel homme ne peut pas perdre son temps à engrosser une femme : cela gâche trop de temps précieux et, pire, de l'énergie vitale pour penser et prendre des décisions. Symbole de perfection il est, symbole de perfection il restera.

Car c'est le Président. Le Chef de tous nos chefs. La divinité parmi les divinités. Tous nos chefs sont là, et nous, les grouillots, aussi. Le Président a bien senti que le message devait être délivré à tous, du plus grand au plus humble. Il faut, c'est évident, que la justice divine s'abatte sur tous.

L'écran derrière le Président est éclairé maintenant. Tout le monde peut voir sur fond blanc immaculé des petits gâteaux dont les parts ont été peintes des couleurs que seuls les clowns osent porter. Il y a des escaliers aussi. Mais les marches sont irrégulières, désordonnées, anarchiques. Elles aussi sont en couleur. Seul un architecte ivre mort a pu construire une telle aberration. Il y a des lignes aussi, qui tentent de se rejoindre sans jamais y arriver malgré des tentatives désespérées de changement de direction : c'est le triomphe de la divergence.

Tel un chevalier du futur, le Président dégaine un petit cylindre. Avec un petit mouvement sec du poignet. Qui froisse inévitablement la chemise immaculée sous la veste sans un pli. Ce bruit si commun et donc si incroyable de la part d'un Président suffit à figer sur-le-champ toutes les conversations, à tuer net tous les autres bruits caractéristiques d'une assemblée humaine. Les regards convergent vers ce centre de gravité qu'est le Président, trou noir désormais si dense qu'il engloutit irrémédiablement toutes les énergies et toutes les attentions.

Un deuxième petit mouvement sec du poignet, et un petit point rouge inquisiteur s'échappe du cylindre pour venir s'immobiliser sur le premier gâteau de clown. Pétrifiée de peur, une main trouve pourtant encore assez d'instinct de survie pour éteindre la lumière et tenter de nous rendre à un anonymat que nous devinons salvateur.

La bouche du Président se met alors à ciseler des paroles plus coupantes qu'un scalpel, et le point rouge à sauter d'un graphique à l'autre, avec la vitesse de l'éclair et la précision d'un horloger suisse. Les têtes rentrent peu à peu dans les épaules du plus humble comme du plus grand : le Président est venu annoncer la sentence du jugement dernier. Toutes nos actions, toutes nos faiblesses, toutes nos vies, hésitations approximatives, sont là, en gâteaux, marches d'escaliers ou lignes brisées dont les couleurs extravagantes n'ont pour but que de rappeler leur caractère vénéneux, telles ces amanites reines des sous-bois au début de la mauvaise saison.

Tout cela se résumait en quatre mots. Car la puissance du Jugement Dernier est telle qu'elle n'a besoin que de quatre mots pour être définie : Le Chiffre est Mauvais !

Ce qui, pour n'importe quel individu, pauvre pécheur ignorant, signifiait : vous n'êtes que des Mauvais ! C'est ainsi que j'appris que nos qualités, nos défauts, tout cela se résume en Chiffres, que Dieu verse dans les plateaux de la balance du jugement dernier.

Et à en juger par la conclusion de la sentence, le choix était d'une simplicité biblique : Que le Chiffre soit Bon et nous aurions le droit de continuer à vivre ! Qu'il soit Mauvais, et nous serions gommés, annihilés. D'autres hésitations approximatives bien que tout aussi pécheresses étaient prêtes à nous relayer.

Voilà. Je suis ressorti éberlué d'avoir vu ma vie de technico-commercial ainsi résumée.

L'Arriero

Anne,

Ça y est, nous avons quitté Huaraz, dans un mini-bus qui nous emmène, vaillant, vers le départ de notre trek d'acclimatation. Huaraz, c'est une ville à un hémisphère, un continent, un océan et dix mille kilomètres de chez toi. Huaraz, c'est une ville à trois mille mètres d'altitude nichée au milieu de l'Altiplano. Les rues sentent la poussière. Des ferrailles dépassent du toit des maisons basses, comme si les occupants avaient eu la flemme de terminer l'ouvrage. A vrai dire, si l'on en juge par les airs détendus et souriant des habitants, personne n'en a cure. Cela fait partie du décor, et c'est comme ça. Il y a des péruviens qui ont l'air de vivre à peu près comme nous, et d'autres qui ont sans doute du mal à manger à leur faim. Les couleurs sont incroyablement bariolées. Les voix des vendeurs à la sauvette chantent la vie de la cité. De vieilles américaines font briller quelques chromes survivants au milieu de la rouille et des grincements de leurs membrures débraillées.

Nous avons installé notre camp de base chez les Alcidés, qui sont des amis de longue date de David. José, le fils, nous accompagne tout au long du trekking. Il est toujours détendu et souvent souriant. Il est grand, et si j'étais une fille, je dirais plutôt beau mec.

Les Péruviens sont plus petits que nous et c'est pour ça que leurs véhicules sont minuscules : mes genoux cognent sans cesse dans le dossier de Gérard, dont les genoux cognent à leur tour dans le dossier du conducteur qui pourtant reste imperturbable. Il n'a pas de chance, Gérard. Il avait le choix entre rester bien droit et se faire cabosser la tête ou se tasser dans son siège et cogner le conducteur. Il a pris sur sa bonne éducation pour s'autoriser à maltraiter le dos du chauffeur.

Puis le chemin s'arrête à quelques mètres d'un vague hameau de maisons en briques de boue mélangée à de la paille. Le conducteur descend les sacs et les bidons du toit avec l'aide de David, pendant que José file vers le hameau chercher des mules.

Comme il fait déjà très chaud, nous nous sommes assis à l'ombre d'un petit muret et de nos chapeaux. Tu verras, j'ai acheté un chapeau comme seuls quelques pépés en ont encore chez nous. Ça n'est pas très sexy, c'est vrai, mais c'est la seule protection valable dans le coin. Tout le monde en a, et pourtant ça a été une sacré galère pour en trouver, question de taille, forcément. Il a fallu que nous trouvions un fabriquant qui accepte de nous vendre des coiffes dont il n'avait pas tout à fait fini de faire rétrécir le feutre. Heureusement que Marie était là pour parler espagnol, sinon il nous aurait pris pour des fous.

Dans le groupe, il y a David. C'est le guide. Sauf qu'au premier regard tu ne dirais pas un guide. Il est petit, trapu, et deux immenses verres de lunettes cachent son regard sous une épaisseur digne d'une porte blindée. Il ne dit jamais grand chose, David. Il a décrété que la parole devait rester précieuse, donc rare. C'est l'anti-guide en quelque sorte, à l'opposé de l'archétype du grand gaillard musclé blond aux yeux bleu d'acier qui vous fait chavirer en moins de temps qu'il ne faut pour le dire le cœur des donzelles émues par le récit de quelque danger incroyable que le surhomme aura bravé lors d'une première on ne peut plus médiatique.

Eric est le comptable de l'équipée. Sa parole est à peu près aussi rare que celle de David, car son oreille qui ne capte pas tout ce qui se dit autour de lui l'a rendu réservé et discret depuis fort longtemps. Ses yeux acérés se vengent de ce coup du sort en remarquant ce que nous ne voyons pas forcément. Il fige ces images fugitives sur la pellicule de son appareil photo aux fonctions aussi nombreuses que ses objectifs, dont les poids combinés imposent le respect.

Gérard était destiné à faire équipe avec Eric : Si Eric range les chiffres, Gérard les surveille en bon inspecteur des impôts. Massif, carré et musclé comme un rugbyman, son visage laisse filtrer une tendresse naturelle que viennent souligner des blagues chantant la magie et l'incongruité de la vie. Cela dit, ne vas pas t'imaginer pouvoir négocier tes impôts avec lui : la Règle est la Règle, et la Loi est la Loi.

Marie, c'est l'enfant terrible du groupe. Son rire tonitruant n'a d'égal que la malice de ses paroles et de ses yeux. Je n'aurais jamais imaginé une informaticienne racontant autant d'âneries. Je me les suis toujours imaginé plus austères. Ou alors elle cherche à cacher une sensibilité à fleur de peau.

Etienne, c'est son frère. Grand amateur de vins et de bonnes viandes, il jouit de sa passion pour la bonne chère en jouant les négociateurs goûteurs pour quelque centrale d'achat. Si j'osais, je dirais que s'il est autant gourmet, c'est parce que c'est un glouton qui se domine. Ne serait-ce son absence de fourrure, sa bonne bouille et sa placidité en feraient un gros nounours compagnon des petits.

Et puis il y a moi.

Il y a un autre groupe de Français un peu plus loin, et celui qui semble être le chef s'emporte parce que cela fait deux heures qu'il attend des mules qui s'obstinent à ne pas venir. Ça veut peut-être dire qu'il ne faut jamais s'énerver, ici.

José, qui ne s'énerve jamais, est revenu au bout d'une demi-heure avec les mules et le muletier, qui s'appelle arriero. Pour un peu, on croirait que les mules sont anglaises tant elles sont flegmatiques. Je ne suis pas un spécialiste des mules, mais pourtant celles là ressemblent à n'importe quelle mule de chez nous.

L'arriero est petit. Plus petit peut-être encore que les péruviens d'Huaraz. C'est parce qu'il n'est pas complètement péruvien, mais plutôt quechua, les indiens d'ici. Ça explique aussi qu'il parle une langue différente de l'espagnol. Ses pieds ne sont chaussés que de vagues sandales taillées dans un vieux pneu rechapé. Son pantalon laisse deviner par endroit quelques réminiscences de sa couleur jaune délavée initiale sous une couche de poussière uniformément grise. Son pull est lui aussi uniformément gris poussière. Son chapeau aux bords élimés aussi. Son teint brûlé de soleil et de grand air est une explosion de couleur au milieu de tout ce gris, misère, silence et discrétion tout à la fois.

Il nous a salués d'un simple signe de tête et sans un mot a chargé nos bagages sur ses mules dociles.

Nous avons juste gardé un petit sac à dos avec juste de quoi se couvrir s'il fait frais, se garder au sec s'il pleut, de quoi boire et une ou deux graines si nous avons faim. Le reste est dans les bidons, qui sont sur les mules.

L'arriero conduit les mules. L'arriero, il est devant les marcheurs. Il ne devrait pas s'appeler arriero alors, tu me diras.

Marie :

— Tu crois qu'il fait exprès de marcher devant, l'arriero ?

Gérard :

— Il n'a peut-être pas envie de voir des touristes comme nous pendant toute la journée.

Etienne :

— Ou alors il met un point d'honneur à marcher le plus vite possible pour laisser derrière les gros richards comme nous qui se croient les premiers en tout ?

Moi :

— A mon avis, il ne met pas un point d'honneur à marcher plus vite que nous. C'est naturel pour lui, et c'est tout.

Marie :

— C'est bien la preuve que l'argent que nous avons et que lui n'a pas n'est pas suffisant pour aller plus vite et plus loin.

Eric :

— Dans la Bible, il est écrit qu'un jour, les derniers seront les premiers. Ce jour est donc arrivé.

La Porte du Paradis

Le chemin était comme n'importe lequel chez nous, au début. Légèrement au-dessus du torrent, en fond de vallée, bien marqué. Les montagnes aussi étaient pareilles.

Et devant nous, une porte.

Eric :
— A quoi elle sert, cette porte ?
Marie, goguenarde :
— C'est vrai, ça, à quoi sert-elle ? Rien ne nous oblige à l'ouvrir, nous pouvons passer à droite ou à gauche, ça ne change rien !
Etienne :
— Tu pourrais même passer à travers : on voit à travers les différentes planches. Le chambranle qui branle est soutenu par une parodie de mur : des pierres entassées au petit bonheur autour des trous !
Gérard :
— Puisque cette porte ne sert à rien, que rien ne nous oblige à l'ouvrir, que rien ne nous empêche de passer à gauche ou à droite, que les quatre vents peuvent passer à travers, alors nous sommes face à un code.

Le raisonnement de notre inspecteur des impôts était implacablement juste. S'occupant des impôts, il devait être fort en codes.

Moi :
— Un code d'accord, mais un code de quoi ?

Gérard :

— Peut-être qu'on ne le découvrira qu'après. Après tout, ce qu'il y a derrière la porte ressemble étrangement à ce qu'il y a de notre côté.

Marie :

— On va tergiverser encore longtemps devant ce gruyère qui ressemble à une porte ?

Etienne :

— Qui va oser l'ouvrir ?

C'est le privilège de l'inconnu incongru que d'inspirer le respect, voir la crainte. Surtout quand il s'agit d'un code, la peur de briser un tabou est inévitablement en embuscade derrière chacune de nos tentations. Va savoir pourquoi, j'ai craqué le premier. Une de mes mains a empoigné la porte et l'a ouverte en grand. Presque malgré moi. Comme si elle était animée d'une volonté propre. Et je suis passé de l'autre coté, entraîné par mes pieds.

L'autre coté ressemblait à celui dont nous venions. Et pourtant...

Les autres m'ont suivi. Nous avions tous un sourire amusé.

David :

— Vous avez franchi la Porte du Paradis. C'est comme ça qu'elle s'appelle : Puerta del Paradiso.

La Faim

Les minutes puis les heures passent.

Marie :
— Dis David, on mange bientôt ?
David :
— Dès qu'on aura rattrapé les mules, les casses-croûtes sont dedans.
Marie :
— Et on rattrape les mules quand ?
David :
— Quand l'arriero l'aura décidé.
Marie :
— Tu ne lui as pas donné d'instruction précise ?
David :
— J'aurais pu lui donner une heure, mais il n'a pas de montre. Je lui ai juste dit qu'il devrait s'arrêter pour que nous puissions manger vers le milieu du jour. Il m'a répondu qu'il essaierait de s'en souvenir.
Marie :
— Ah !

José nous a tous regardés. Il ne parle pas le français, mais il a vite compris de quoi il retournait. Nous avons repris notre marche aussi vite que possible, à la poursuite de José qui avait disparu de notre vue

Un virage miraculeusement placé sur le sentier a laissé apparaître José, l'arriero un peu hilare de voir nos visages harassés, les mules, et un bidon ouvert. Nos mains ont fouiné dedans, saisit des victuailles. Nous nous sommes laissés tomber sur nos sacs à dos. Un vent frais juste ce qu'il faut sèche la transpiration sur nos visages pendant que nous engloutissons pain, jambon, fromage, et quelques fruits.

L'arriero a un air moqueur, il faut dire que voir des touristes avoir besoin de manger après avoir marché si peu et être autant fatigués, ça doit le laisser songeur quant à notre résistance...Tout juste s'il accepte du bout des lèvres la gourde que lui tend José.

Bivouac

La nuit est en train de tomber lorsque nous rejoignons notre avant-garde. José et David déballent les 2 tentes. L'arriero a lâché ses mules qui broutent paisiblement le gazon ras de la pelouse. Nous avons vite achevé le montage des tentes, déballé nos sacs de couchage qui se sont gonflés de plaisir à l'idée de nous tenir chaud à l'occasion de ce bivouac engazonné. J'ai filé à la rivière remplir gourdes et gamelles, sous le regard attendri de toute la petite équipe qui s'est réjouie de ne pas se geler les mains.

Après, j'ai découvert le plaisir intense de m'emmitoufler dans des épaisseurs molletonnées, sèches et dépourvues d'odeurs. J'ai attrapé mon carnet, mon stylo, ma lampe frontale pour m'éclipser et t'écrire, assis dans le gazon, calé contre un rocher encore tiède des rayons du soleil maintenant disparu.

J'ai réalisé alors que je n'avais pas regardé ma montre depuis ce matin. La journée a été rythmée par nos pas, notre respiration, notre faim, la fatigue, la soif. Je suis fatigué et apaisé à la fois. Ma respiration s'est faite régulière, profonde, sereine. La lune éclaire le paysage et fait scintiller un dôme de glace là bas sur ma gauche, et pour la première fois dans ma vie, c'est la seule lumière que je vois dans la nuit. Il n'y a nul pylône, nulle route, aucune maison, aucun avion et pas d'autre son que le chuintement des réchauds sous les popotes que David couve du regard. C'est un silence religieux qui règne ici. C'est peut-être aussi pour ça que je me sens apaisé.

Je pense à toi.

Dire que cela fait des années que nous n'avons jamais échangé que les banalités convenues entre deux personnes qui ne veulent pas se risquer à voir l'autre se refermer à l'occasion d'une phrase qui brise un silence tacite sous le poids d'un enjeu inavoué. Pas assez fort. Trop faible. Pas sûr de moi. Trop poète. Le poète aime bien flirter avec l'idée de tous les possibles. Bref, j'ai répondu à ton silence par un autre silence, ce qui, tu en conviendras, n'est pas le meilleur moyen de nous écouter.

David :
— A table tout le monde !
Etienne :
— C'est pas trop tôt.
Gérard :
— On a failli attendre, le service d'étage laisse à désirer.
Marie :
— Aucune pitié pour les retardataires !
Eric :
— Le dernier à table aura moitié de ration et corvée de vaisselle !

Alors, permets-moi encore une fois de rester muet quelques heures mais le réchaud s'est arrêté de chuinter là-bas, et quelque chose me dit que je n'ai pas intérêt à louper l'invitation.

Instinct grégaire

Les tentes fument sous les vigoureux rayons du soleil matinal dont la lumière éclatante a rendu impossible tout sommeil en quelques minutes à peine. Ce pays n'est pas le domaine des douces transitions, mais plutôt le royaume des contrastes.

Marie :

— Jamais vu des tentes fumer comme ça. On croirait presque qu'il y a le feu à l'intérieur. On dirait des champignons en feu.

Gérard :

— Je ne suis pas un spécialiste de ce genre de choses, mais d'habitude on ne fume pas les champignons. On en fait des tisanes hallucinogènes, je crois.

Etienne :

— Oui, en plus, là, les champignons n'ont besoin de personne pour fumer.

David :

— Dites, les poètes, à propos de drogue, venez donc plutôt prendre une infusion de feuille de coca pour votre petit déjeuner. Ça s'appelle une maté de coca, et c'est bon pour ce que vous avez.

Marie :

— Ah oui ? Et qu'est ce qu'on a ?

David :

— Besoin de vous acclimater et de bien digérer.

Marie :

— Bon alors d'accord, on va goûter ce breuvage magique puisque Monsieur nous y invite.

José est parti au loin se débarbouiller. L'arriero mâche de la coca. A-t-il déjà déjeuné ou est-ce son seul déjeuner ?

Nous avons tranquillement commencé à marcher. La vallée s'est un peu élargie pour faire un nid douillet à un lac bleu turquoise, avant de tenter une dernière fois de nous mettre à l'ombre de pics acérés hérissés de clochetons comme autant de gendarmes aux yeux aiguisés. C'était une mise en garde, une chance de faire encore demi-tour avant l'envoûtement : nous avons pris pied sur la scène d'un gigantesque amphithéâtre, coiffé de toutes parts de montagnes altières, aux lignes si précises qu'elles ont été sculptées dans un moment de rage sublime par un fou génial, arrachant des entrailles de la terre des rocs improbables pour les aiguiser et leur faire mordre le ciel à jamais, lui arrachant des larmes de neige et de glace qui se sont figées de stupeur sur cette architecture hallucinée.

Eric et Marie essaient vainement de figer ce monde sur la pellicule. Mais les images n'y peuvent pas grand chose, elles ne seront que des bribes de vérité. J'essaie de te décrire ce paysage par quelques mots. Mais les mots ne peuvent pas grand chose face à une telle puissance. Anne, sauras-tu cette herbe si douce au pied de si belles cathédrales ? Sentiras-tu sur ton visage le vent glacial descendre de ces altitudes et tenter de séduire d'une folle danse tourbillonnante la brise tiède qui remonte de la vallée et qui, il y a une seconde, caressait ta joue ? Ecouteras-tu le silence ponctué de ces brèves rafales ? Ce paysage se caresse du regard, se laisse humer à grandes palpitations de narines, se vit, se prie. Le souffle de la vie imprègne toute chose en cet endroit dessiné par les Dieux. Par Dieu ?

David nous décline les noms des sommets, seigneurs qui nous toisent, impavides : Tauclaraju, Taulliraju, Alpamayo. Ces sonorités étranges, issues d'une langue vieille comme le monde et étrangère à mes oreilles me rendent un peu plus fourmi. Je ne suis plus rien. Le sentiment de puissance qui m'habitait jusque là fout le camp à grandes enjambées de dératé. C'est terrible les premières secondes. Après, cette gigantesque vague reflue et découvre la plage parfaite du sable fin de nos racines qui plongent au plus profond de l'univers qui nous a engendrés.

Tu es pendue au téléphone avec un client furieux d'un retard de livraison qui n'a été conçu par le Malin que pour lui pourrir la vie, c'est sûr. L'usine ne te dira rien de bien clair, ce serait trop rassurant si tu pouvais décrypter l'accumulation des petites choses insignifiantes et anonymes qui se sont enchaînées les unes aux autres, implacablement, pour faire déraper ce délai dans l'indifférence morose et générale. Après, tu pestes dans les embouteillages, fruits nauséabonds de l'accumulation des petites mesquineries de chacun, apparemment sans conséquences, et qui pourtant s'enchaînent implacablement les unes aux autres pour transformer cette fin de journée en cloaque d'où s'échappe un fumet putride dans le ciel autrefois paradisiaque. Tu cours après le temps qui pourtant n'existe pas, tant demain ressemble à aujourd'hui, construit de la somme de ces petits riens que certains vantent comme étant le Projet, la Raison, la Vie et qui ne sont que les fondations de nos futures ruines.

Anne, verras-tu qu'ici, le paysage naît le matin sous le soleil et meurt à son coucher ? Pour renaître, peut-être, sous la Lune qui distille une paisible douceur ? Te régaleras-tu de ces couleurs pastel sur le paysage en fin d'après-midi, transformant les arêtes acérées en murailles de château fort en haut duquel tu guettes l'arrivée du preux chevalier qui te prendra dans ses bras ? Croiras-tu à ces nuages, gommes égarées dans l'azur qui effacent un sommet pour mieux découvrir à ton regard un glacier, un pilier, un clocheton, promesses de tant de chemins, d'infinies possibilités ?

Marie :
— Dis David, tu crois qu'on pourrait bivouaquer par ici ?
David :
— Non seulement on peut, mais en plus c'est ce qui est prévu.
Marie :
— C'est prévu comme ça parce que l'endroit est beau ?
David :
— Avec un peu de chance, tu verras qu'on dort mieux dans un bel endroit que dans une banlieue aussi laide que bétonnée de la région parisienne. Ce qui est beau réjouit l'âme et la repose, tu ne crois pas ?
Etienne :
— Dites, je vois qu'il y a quelques arbustes et du bois mort…
Gérard :
— Et ?
Silence, ponctué d'un sourire mystérieux
Eric :
— Et ?
Marie :
— Et peut-être qu'on pourrait faire un feu de bois ?
David :
— Il ne manquerait guère que la guitare et les oignons pour faire un parfait feu de camp.

Nous avons installé les tentes. Déballé nos affaires. Une fois cette besogne bassement matérielle achevée, nous

nous sommes égaillés dans la vallée, les bras écartés autant pour ramasser du bois que pour embrasser le paysage. Je suis monté de cent ou cent cinquante mètres en direction d'un bosquet prometteur bien que rachitique. Il fallait bien que je permette aux cloches tapies à l'intérieur de mon crâne de me rappeler que nous étions à quatre mille cinq cent mètres bien tassés et que les globules rouges accusaient une surcharge de travail ! C'est la raison du corps. J'ai embrassé autant de bois mort que la raison de mon corps m'autorisait, et je suis redescendu.

Et alors, ce fut l'horreur, l'inconcevable, l'indicible : une forêt de tentes avait poussé à coté des nôtres.

Une cohorte de mules et une pléiade de touristes avait littéralement chié un village de tentes dans une logorrhée verbale à l'accent indubitablement québécois. Il y avait une tente mess, une tente douche, une tente chiotte, une tente à matériel, une tente galerie commerciale peut-être, des tentes dortoirs dont une à cinquante centimètres d'une des nôtres. Au bout d'une vallée de plus d'un kilomètre de large. Plate, herbeuse. A deux jours de marche du premier semblant de civilisation.

J'ai retrouvé David les yeux injectés, les cheveux hérissés, les épaules agitées de soubresauts nerveux.

David, impérieux :
— Allez, on décampe !

Ça ne souffrait pas la contestation. C'était de la pure logique, du concentré de bon sens. Et chacun de dépiqueter les tentes, et de remettre en vrac les affaires dans les sacs. Sous le regard ahuris des québécois qui voulaient nous convier à leur petite sauterie du soir. Et de transporter les champignons sur cinq cent mètres à deux, une main chacun, loin de cette foule dont la seule existence était une pollution.

Instinct grégaire, t'es trop terrible.

Humanité

Malgré ce triste épisode civilisé, le repas autour du feu de camp fut réussi.

Etienne :

— Il ne manque à cette petite soirée qu'une bonne entrecôte arrosée d'un bon Bordeaux.

Gérard, un peu vaporeux :

— Ah oui ? Où ça ?

Ce qui déclencha l'hilarité générale.

Eric :

— Je savais bien que les petites faiblesses de chacun apparaissent rapidement dans ce genre d'aventure…

Marie :

— Ah, et c'est quoi tes petites faiblesses à toi ?

Eric :

— hm mm…Disons, du foie gras arrosé d'un tendre Jurançon. Et toi, Marie ?

Marie :

— Mon petit faible, c'est un tourteau mayonnaise accompagné d'un simple Muscadet.

Moi :

— Mais ma parole, vous ne pensez tous qu'à bouffer, bande de goinfres !

David :

— Simon, tu ne t'en tireras pas comme ça. C'est quoi, toi, ta petite faiblesse ?

Moi :

— Quelques tranches de saucisson…

Marie :

— Et c'est tout ?

Moi :

— En fait, ma vraie petite faiblesse, c'est un grattouillis dans le dos. Lorsque je suis très fatigué, c'est la chose la plus divine qui soit.

Gérard, provocateur :

— Même en comparaison d'autres câlins ?

Moi :

— Oui, même en comparaison d'autres petites douceurs…Enfin…presque !

Marie :

— Et toi, David, tu craques pour quoi ?

David :

— J'ai plusieurs trucs selon la situation. Par exemple, si je reviens d'une expédition de plusieurs jours sans possibilité de se laver, c'est une douche pour l'hygiène, un bain pour le confort, suivi d'un sauna et d'un massage. Si je n'ai pas pu manger correctement depuis longtemps, c'est un steak tartare arrosé du même Bordeaux que Etienne.

Et c'est ainsi que des gens qui étaient des parfaits inconnus les uns pour les autres quelques semaines auparavant se révélèrent quelques-unes de leurs petites faiblesses, sans doute en guise de préambule à de futures découvertes qui nécessiteraient l'indulgence collective.

Nous étions bien loin de cette terrible, car vaine, tentative de perfection que nous pratiquons tous les jours dans l'arène de nos activités professionnelles où le moindre aveu de faiblesse est prétexte à une impitoyable curée.

On a discuté encore longtemps de tout et de rien, David a essayé de nous faire un petit cours sur les étoiles de l'hémisphère Sud. Ce qui a donné lieu à une franche rigolade : il y en avait tellement et les explications de notre Guide étaient si vagues que nous nous mîmes lui asséner des « C'est sûr, elle est plus belle que sa voisine de gauche ! » ou « Tu comptes trois étoiles à partir de l'ouest, et là tu y es » à tour de rôle. David pris conscience de notre manège quand Marie ne put contenir plus longtemps son rire. Il haussa les épaules, et lâcha un « faîtes chier » plein d'amusement.

Le feu est magnétique, je te l'assure : plus la soirée avançait, plus nous étions irrémédiablement attirés par le feu. D'abord, j'ai cru que c'était pour mieux discuter. En fait, nous étions surtout poussés par le froid qui dégoulinait à grosses goulées des montagnes. Alors j'ai inventé un nouveau proverbe :

« Lorsque décline la flamme, au fond de ton duvet réfugie ton âme »

C'est impressionnant le vrai silence. Le cœur tape dans les oreilles, mince protestation du corps un peu frustré du manque d'oxygène. De temps à autre, la brise glacée vient caresser la toile de la tente qui s'abandonne alors à un frisson frileux. Il fait bon, emmailloté dans la plume. La lune qui s'est levée découvre la peinture givrée de nos respirations sur le nylon, barbe éphémère sur nos jeunes vies.

Ma frontale souligne d'un zeste d'humanité les ronflements de Etienne et ces quelques lignes d'une bien belle journée. C'est étrange, l'humanité.

L'humanité, c'est aussi Yolande, cette fille d'avocat amère de sa vie bourgeoise et insouciante enterrée sous un monceau de dettes orphelines de son père qui avait omis de lui apprendre l'existence des gueux. Cette Reine du litige, de la fourberie et de la calomnie m'avait été affectée par un Dieu de traîtrise pour constituer un tandem professionnel. Etrange tandem que cet équipage dont un des membres pédalait de toutes ses forces pour échapper à la chute que ne manquerait pas de provoquer l'immobilisme actif du deuxième membre de l'équipage. C'est incroyable comme une personne de soixante kilos peut arriver à peser des tonnes à force de commandes oubliées sur un bureau, d'offres enterrées sous les commandes oubliées et de litiges de tous poils sciemment distillés par une incompétence soigneusement entretenue.

L'humanité, c'est mes parents qui ne m'ont jamais appris que le pédalage permanent, le seul susceptible d'échapper à ce qu'ils considéraient comme le néant, c'est à dire le bonheur de la vie. Une bonne place, un bon salaire, une bonne retraite. Et la vie ?

L'humanité, c'est Cécile, biochimiste de génie, qui se jouait de moi comme elle se jouait des molécules dans une danse aux milles pas qu'elle voulait tâtonnants pour percevoir enfin la vérité ultime de son cœur, comme la véracité d'une formule chimique dûment éprouvée. En guise de cadeau de Noël, elle m'avait offert un grand coup d'un ciseau qui s'appelait Uli sur deux billets d'avion en partance pour un premier de l'an en amoureux, destination aussi lointaine qu'espérée.

Coupé en deux, j'avais faillis mettre à l'égout cet appel d'offre de plusieurs millions de francs sur lequel je travaillais depuis quatre ans, et toi depuis quatre mois. Ce n'est pas les quatre années de patient labeur de fourmi ou la perspective d'une carrière brisée qui m'ont retenu. Non. J'ai pu imaginer beaucoup de choses. L'effarante surprise dans les yeux de mon chef qui devrait se résoudre à licencier sur-le-champ ce vendeur qu'il croyait modèle ou presque. La colère de l'entreprise qui répondait avec nous sur cette affaire et qui allait perdre quelques millions de francs de chiffre d'affaires. L'étonnement sidéré de mes collègues.

Mais pas ta petite voix perdue qui faisait tout ce qu'elle pouvait pour « y arriver ». A se faire accepter par tous ces collègues masculins. A montrer qu'elle aussi elle était capable. A passer des heures à chercher les infos qui me manquaient tard le soir ou tôt le matin pour qu'enfin « nous l'ayons, cette commande ». Non, je n'ai pas pu imaginer cette petite voix si triste désormais me demandant « mais, Simon, pourquoi tu as fait ça ? ».

Il y avait trop d'humanité dans tes paroles pour que je puisse, comme ça, sur un coup de tête, mettre à la poubelle tes efforts et pire, tes espoirs. Quatre ans contre quatre mois. David contre Goliath. Trois fois rien, une voix féminine, une énergie désespérée, de la chaleur à revendre dans quelques paroles à un collègue. Et tu as gagné.

Anne, je souhaite que le marchand de sable qui vient me rendre visite t'aura offert des rêves pleins de quiétude et de bonheur il y a quelques heures, à dix sept mille kilomètres, un continent, un océan et un hémisphère d'ici.

L'Escalier

Anne,

Mes pieds m'emmènent, et mes yeux n'en reviennent pas. Mes pas vont tous seuls d'une marche à l'autre, sur un tremplin qui m'emmène vers le ciel. Un escalier au bout du monde, en haut du monde, construit par les Incas. Il n'y rien avant, et sûrement rien après, à part un col, une descente et quelques touffes d'herbe. Le Taulliraju nous surplombe de toute sa masse glacée et acérée. Notre marche est une prière, nous ahanons des pas comme d'autres marmonnent des paroles. Quel peuple que celui qui construit un escalier magnifique au milieu de rien !

Gérard :

— Un escalier, d'habitude, c'est utile, fonctionnel.

Etienne :

— T'as raison, un escalier doit être rentable. Il doit guider le passant infailliblement vers un lieu qu'il ne doit pas contourner, c'est à dire un commerce quelconque.

Moi :

— Ça dépend de ce qu'on entend par commerce. Argent, célébrité, pouvoir, religion, politique ?

Eric :

— Il devait être sacrément puissant et important le commerce qui justifiait un escalier à plus d'une journée de marche des basses vallées. Ou alors, ils avaient oublié de faire une étude de marché et un business plan, ceux qui se sont lancés dans cette construction.

David :

— Et si c'était juste une question de vision de la vie et de force de caractère, quelque chose de totalement diffèrent de ce que nous connaissons ?

Moi :

— Tu crois ?

David :

— A quoi ça te fait penser cet escalier au milieu de rien ?

Moi :

— A une prière et rien d'autre. C'est trop fou pour pouvoir être autre chose.

David :

— Alors dis-toi que cela n'était rien d'autre qu'une prière.

Les marches sont polies depuis des lustres, nos pieds leur chuchotent mille politesses reconnaissantes, elles nous poussent plus loin vers le ciel.

Le contenu des sacs à dos n'a pas varié d'un iota. Pourtant ils pèsent plus lourds sur nos épaules. Nos bâtons sont toujours les mêmes, et pourtant ils portent moins. Nos chaussures sont de plomb, et pourtant elles semblent les mêmes qu'hier soir.

Seul le ciel dont nous nous rapprochons nous ramène à un état de faiblesse enfantine.

Nous sommes au col. La vue porte loin. Nous lézardons. David nous en a intimé l'ordre pour que nos globules puissent se multiplier.

Il est plus d'une heure, ça fait vingt heures passées en France. Je t'imagine à une terrasse de bar en train de siroter un apéro avec quelques olives, Jeannot, François et Luce. Les cigales doivent crépiter comme autant de petits applaudissements à la dolce vita. Ça doit faire du bien de se laisser aller après une journée de travail. Jeannot et François doivent mater les filles et les assaisonner de quelques épithètes appropriés. Tu dois reluquer les mecs avec Martine et faire quelques commentaires bien féminins. L'alcool s'insinue lentement en toi et dilue dans le néant les traîtrises de la journée. Après, vous allez peut-être vous faire un resto. Tu rentreras tard chez toi, heureuse d'avoir passer une soirée sympa, et triste de rentrer chez toi seule.

Moi aussi, lorsque je ne suis pas à un océan, un hémisphère, un continent et dix sept mille kilomètres de notre pays, je suis triste de rentrer chez moi seul. Mais comment ne pas se sentir seul quand on passe sa vie à faire les chiottes. Avec Yolande, avec Cécile, avec les clients, avec l'éducation de mes parents. Nettoyer, c'est souvent faire le vide, dégager un contenu de son contenant, laisser place nette là où quelqu'un a semé un gigantesque bric-à-brac dont le sens profond est difficilement perceptible. C'est s'oublier, se vider de toute revendication personnelle en se disant qu'une fois la place enfin propre, la vie pourra enfin arriver. Mais la nature et la vie ayant horreur du vide, un nouveau nettoyage nous appelle aussitôt. Encore et toujours, et pour longtemps, la vie, la vraie, c'est après.

Christophe Colomb ?

Dire qu'on s'est baignés à quatre mille huit cents mètres d'altitude. Dans un petit lac de rien du tout. Et à poil, en plus. Même Marie était de la partie, un peu à l'écart toutefois. L'arriero était foudroyé de stupeur : des gringos en train d'exhiber toute leur anatomie au regard des montagnes, des dieux incas. Visiblement, il entretenait des relations plutôt distantes avec la chose liquide.

C'était frais, très frais. Mais une fois dedans, en se frottant vigoureusement avec du sable ramassé au fond, c'était tenable. Gommage et peeling assurés, rapide et pas cher. Après ces vivifiantes ablutions, nous avons fait la course comme des gamins de six ans pour se sécher et s'habiller, histoire d'échapper à la froidure et aux miasmes locaux qui guettent le randonneur enhardi et naïf. Rouges comme des gratte-culs, nous avons rigolé comme des baleines en enfilant à une vitesse lumière les pelures nécessaires pour passer une soirée chaude. José a rigolé de toute ses dents éclatantes : il n'y a que les Européens pour avoir des envies de baignade dans un pareil endroit.

A la nuit tombée, je suis remonté au col pour voir la lune se lever sur la Quebrada et l'Alpamayo et pouvoir me croire un instant le premier homme à contempler un tel spectacle. C'est sans doute égoïste et prétentieux, mais cette idée m'a procuré un plaisir immense.

Pouvoir découvrir un paysage vierge de toute pollution humaine, c'est encore une chance de pouvoir apprendre à vivre sans artifice, simplement, lié par les gestes de tous les jours à l'univers qui nous a enfantés et que nous ne savons plus respecter. Nous avons transformé nos vies en chambres d'ados, sales et mal rangées, inondées d'incertitudes, de nos faiblesses, de notre besoin compulsif d'inventer ce qui va figer une seconde, rien qu'une, le temps qui s'écoule et empêcher ainsi la formation de la ride qui annonce le cadavre.

Un jour, il faudra que nous puissions pleinement comprendre que le silence n'est pas un vide, mais une invitation muette à mieux écouter.

C'est la nuit, et pour toi le jour s'annonce déjà. Peut-être déjeunes-tu, pestant contre la tartine qui s'est retournée du mauvais coté ou le pot de confiture qui est vide et que tu vas devoir rajouter à la liste des courses.

Je me languis de tes nouvelles.

Caramellos

Salut !

La végétation a refait son apparition, D'abord quelques buissons faméliques, puis des arbres étranges, chétifs, aux troncs noueux, torturés par la soif, à l'écorce tant burinée par le soleil et le poids des ans que j'ai cru voir un instant le visage de ma grand-mère, crevassé des tourments et regrets que laissait la vie en s'éteignant comme une bougie dont la mèche n'a plus de cire. Les Quenãls, c'est leur nom, peuvent d'autant plus ressembler à des grands-parents qu'ils ont souvent atteint le millénaire, nous annonce José qui pour une fois n'a pas besoin de traduction.

La vallée s'est élargie, aplanie. Le torrent s'est mis à serpenter mollement au milieu d'une belle prairie, parsemée ça et là d'arbres de plus en plus hauts. Nous avons cassé la croûte sous celle d'un Quenãl ravagé de chagrin.

Puis David a déniché un petit coin sympa près de la rivière, idéal pour le bivouac.

J'étais en train de faire comme tout le monde, c'est à dire déballer mes affaires, lorsque :
Marie :
— Simon, regarde derrière toi.

Quatre gamins surgis de nulle part nous regardaient, plantés à quelques mètres de nous, visiblement estomaqués de toutes les richesses qui s'étalaient sans vergogne sur le sol. Le plus vieux avait peut-être dix ans, le plus jeune peut-être deux. La gangue de leurs vêtements crasseux les tenait droits comme des I. Le plus déluré s'est avancé vers moi et a tendu la main :

— Caramellos ?

...

— Caramellos ?

...

— Caramellos ?

Je ne savais pas quoi faire. Bien que ne parlant pas un mot d'espagnol et encore moins de quechua, il était clair qu'un caramellos était un bonbon. Bien que chacun des membres du groupe se soit trouvé une occupation lui permettant d'échapper au regard désormais inquisiteur de notre petit visiteur, Marie m'a tout de même offert une échappatoire :

— T'as qu'à piocher dans ma réserve de sucreries, dans la poche au sommet du rabat de mon sac à dos.

Moi, soulagé :

— OK.

J'avais à peine esquissé un pas vers le sac en question que :

David :

— Simon, tu sais à quelle distance se trouve le plus proche dentiste et combien coûte une visite ?

J'ai senti un grand poids me tomber sur les épaules. Il avait prononcé ces mots sans colère, sans joie, ni jugement. Juste par évidence. On ne donne pas des bonbons à quelqu'un qui n'a pas l'habitude d'en sucer, ne peut pas se brosser les dents et n'a pas les moyens d'aller chez le dentiste. Le gamin a vu mon geste se figer.

Mon pied gauche est redescendu sur terre, et mon pied droit est resté statufié par cette terrible évidence que je n'osais imaginer… Sans un mot, le gamin a compris que je n'irais pas plus loin. Il m'a regardé avec un petit air désolé, a souri. Je l'ai presque entendu me pardonner :

— Tu sais, ce n'est pas de ta faute. Tu n'y peux rien. C'est la vie. C'est vrai qu'il est loin le dentiste. Le médecin aussi. De toute façon, nous n'aurions pas de quoi le payer. Alors je ne t'en veux pas, c'est la bonne décision, après tout.

Il a rejoint son petit groupe. Qui est reparti sans mot dire vers une destination bien modeste.

Deux Hollandais sont alors apparus, bien décider à nous demander de partager notre coin de gazon, entre européens bien pensants, on se comprend, n'est ce pas ?

David, l'œil mauvais :

— Z'avez qu'à aller planter votre tente plus loin dans la vallée. On n'est pas là pour se retrouver aussi serrés que sur une plage de la Côte d'Azur. Ça vous manque tellement la surpopulation ?

Le plus grand des deux marcheurs en fut bouche bée, et ils reprirent rapidement leurs affaires pour fuir ce serial killer potentiel.

Je me suis couché avec le souvenir de ce gamin réclamant des caramellos. Qu'avais-je à lui offrir ? Que lui ai-je volé ?

Dix neuvième siècle

Anne,

Je reviens du dix neuvième siècle.

Nous déambulions au milieu de vaches faméliques qui nous regardaient passer avec un œil torve, inquiètes sans doute à l'idée de voir ces gringos leur brouter le maigre gazon jaunasse qui leur fait office de pâture. Les meilleures terres ou les moins mauvaises, cela dépend du regard qu'on leur porte, étaient des petits carrés cultivés dans lesquels des indiens quechuas, hommes et femmes, s'échinaient à grosses gouttes pour retirer une maigre subsistance.

Sur une aire, des fléaux battaient le blé de nos fêtes paysannes pour rappeler le bon temps où nous avions encore le temps de prendre le temps. Les visages grimaçaient, les tee-shirts en loques étaient auréolés de sueur. Ce n'était pas la fête, le blé allait vite finir dans des assiettes avides à l'intérieur de maisons de paille et de boue, peuplées de gamins aux pieds nus sur le sol de terre battue, aux toits de chaume à moitié dévorées par les rats, soutenues par des poutres faméliques.

Nous sommes passés sans mot dire. Ils ont interrompu leur labeur pour nous regarder passer sans un mot. Deux mondes se sont regardés en silence, l'un fort de ses richesses dont il ne réalise pas l'incroyable accumulation, l'autre vivant vaille que vaille au jour le jour.

Le croiras-tu, mais un quechua m'a regardé, a mimé une marche pénible sous le poids du sac, puis son visage s'est fendu d'un sourire hilare, un doigt vrillant sur sa tempe la folie dont je faisais preuve à ses yeux.

Et s'il avait raison ?

Une bonne grimpette nous a jetés sur une route de gravier, alanguie au pied d'une espèce de relais où quelques bouteilles empilées sous la fenêtre de la cuisine laissaient à penser qu'on pouvait éventuellement boire un coup dans des verres tachetés de mouches en provenance directe de l'auge à cochon attenante.

Un fouillis de fils électriques dégoulinait d'un poteau pour permettre à une ampoule borgne d'éclairer les visages de deux clients présents dans la salle de restaurant, mais pas de deviner ce qu'il y avait dans les plats.

Le tenancier grattait sa barbe pour en extirper une croûte suspecte. La chaleur écrasante de midi a levé une tornade de poussière, promenant un buisson sur la route pendant cinquante mètres. Il ne manquait plus que l'éolienne grinçante et brinquebalante et l'arrivée d'un cavalier enveloppé d'un cache poussière pour que nous puissions nous croire en plein western… Ambiance.

L'arriero a déchargé nos bidons. David lui a versé son salaire, augmenté des provisions dont nous n'avions plus besoin. Nous nous sommes dit au revoir, et puis voilà. Il a disparu derrière ses mules qui étaient manifestement pressées de rentrer. Nous avons englouti un casse dalle sommaire, histoire de lester nos estomacs en attendant un confortable restaurant d'Huaraz. Nos épaules se sont affaissées, écrasées par un sommeil de plomb et la détente profonde que procure la satisfaction de l'effort accompli.

Une attente empoussiérée a desséché nos glottes que nulle goutte échappée d'une gourde ne pouvait venir réhydrater.

José m'explique dans une espèce d'espéranto espagnol anglais français que le relais est le seul endroit avec un téléphone dans un rayon de trois jour de marche, et que le propriétaire est ainsi devenu une sorte de passeur entre le monde des quechuas et celui d'Huaraz, tout là bas, à des jours de marche et quelques siècles de distance.

Notre mini bus de l'aller a fait son apparition. Les deux clients du bar restaurant téléphone électricité sont venus voir ce qui se passait. Nous nous sommes pliés en deux pour rentrer dans le véhicule. Bien que mini, il nous a emmenés vers un spectacle de cinéma panoramique : La route passait par un col à quatre mille neuf surplombé de tous les géants du coin, capés de glaces nuageuses ou de nuages glacés, on ne sait, avec une vue incroyable sur une vallée flanquée de montagnes en guise de créneaux de château fort sur des kilomètres.

A notre gauche, embusqué dans un nuage, le Huascaran nous attend de pied ferme du haut de ses six mille sept cent soixante huit mètres.

Ernesto nous a ouvert sa porte avec un grand sourire, émerveillé de nos mines tannées par le soleil, la crasse et la barbe pour la majorité, sauf pour Marie. Une canalisation étant rompue depuis deux jours, la douche est remise à plus tard.

Je suis ressorti « en l'état », en quête de timbres et cartes postales pour agrémenter tes lettres. Dans la grande rue commerçante, j'ai entendu des chants. Je me suis approché de ce que je croyais être une échoppe, et qui faisait office de chapelle. Les ouailles du prêtre se tenaient par les bras et chantaient à pleins poumons.

Je ne comprenais aucune parole, mais je suis resté sur le pas de la porte pour les écouter tant il y avait sur leurs visages de sérénité et de ferveur. Je me suis retourné vers la rue, et j'ai vu des visages plus détendus, souriants et des pas plus posés et tranquilles que chez nous, malgré cette misère visible un peu partout et qui nous fait tant peur en occident. Fatalisme ou relative harmonie, comment le savoir ?

Sauras-tu le soleil qui perce les nuages et jette quelques pinceaux lumineux sur les collines alentours, pastel sur du pastel ? Ou tous ces vendeurs de bricoles qui rameutent les chalands à force de slogans scandés inlassablement ? Ou bien toutes ces péruviennes aux gilets chamarrés, le dos calé contre un mur, en train de vendre de tout et de rien ? Un magasin à la Prévert rassemble dans sa vitrine une cuvette de toilette, des chaussettes, des assiettes, des pellicules photos, des gâteaux. Des vendeurs de sols, la monnaie officielle, avec leurs badges, en font l'échange contre des dollars, monnaie officieuse, sans formalité autre qu'une courte négociation pour arriver à un taux plus correct que celui de la banque voisine.

Le Sabre, un gros sac

Ça y est, je suis douché.

Gérard :

— Dis donc, dans un pays comme ça, on doit pouvoir se faire raser à l'ancienne.

Moi :

— C'est quoi, à l'ancienne ?

Gérard :

— Avec un sabre, chez le barbier, comme dans les westerns. Ça doit être extraordinaire comme sensation, le sabre qui coupe une barbe de plusieurs jours. On doit se sentir neuf comme un bébé, tu ne crois pas ?

Moi, plutôt attiré par l'évocation de cette sensation extrême :

— Et tu crois qu'on pourrait trouver un barbier comme ça ici ?

Gérard :

— Le seul moyen de le savoir, c'est de partir en chasse.

Moi :

— Tu crois qu'on pourra se débrouiller sans parler un seul mot d'espagnol ?

Gérard :

— En fait l'idéal, c'est d'embarquer Marie avec nous.

Marie est hilare à l'évocation de notre idée farfelue.

Les trois compères déambulent dans la rue principale. Et Marie bondit de joie en dénichant un coiffeur barbier.

Un autochtone sort de l'échoppe, sa main caresse ses joues et son menton. Un sourire béat illumine son visage.

Le barbier s'occupe avec maestria des poils drus de Gérard. Une péruvienne s'essaye au maniement du sabre. A chaque passage de la lame, elle me coupe, m'écorche, m'arrache la peau. La mousse se teint du rouge de mon sang et de la confusion de ma barbière débutante. Le barbier est hilare. Marie se tient les côtes et ne peut même plus traduire mes supplications. Je n'ose pas bouger de peur de me faire égorger.

Des clients potentiels prennent peur devant ce spectacle d'abattoir et passent leur chemin en serrant les fesses.

Mon calvaire s'achève enfin. Gérard, honteux de m'avoir entraîné dans cette aventure :

— Simon, si tu veux, pour me faire pardonner, je nous offre un coup à boire.

Nous avons craqué tous les trois pour une bière.

La voix de David perce à peine les brumes de l'alcool. Son regard est furibond :

— Mais enfin, qu'est ce qui vous a pris ?

— …

— Vous faites tout pour attraper un microbe de l'enfer péruvien ou pire sous prétexte de vous faire pomponner comme des parisiennes !

— …

— Et en plus vous vous mettez à boire de l'alcool en pleine acclimatation !!! ??

— …

— Et, là regardez-moi l'autre avec sa gueule toute couturée. Ça a à peine du poil au menton, et ça veut jouer les baroudeurs !

— …

Penauds comme des gamins de cinq ans pris la main dans le sac, et malgré l'heure avancée de cette matinée foireuse, nous sommes retournés au lit cuver notre bière…

Le repas à peine achevé, David a pris un air faussement sadique en nous regardant :
— Maintenant, jeunes galapiats, vous allez vraiment commencer à en baver. Allez chercher un stylo et un bout de papier chacun, et que ça saute !

La petite équipe s'est exécutée prestement.

David :
— Vous irez dans le grand bidon vert au fond, là-bas. Vous prendrez chacun cinq sachets lyophilisés.
— Ensuite : cinq bouteilles de gaz, à répartir entre vous.
— Gants légers, moufles, cagoules, lunettes de soleil, baudriers, broches à glace

L'énumération du maître fut longue. Très longue.

Je crus pouvoir enfin respirer lorsque :
— Simon, pour t'apprendre un peu le goût de l'humilité et du respect des anciens, c'est à dire moi, tu prendras en plus une corde, deux broches à glaces, deux sangles. Et aussi cinq mètres de cordelette, plus deux autobloquants.

C'est ainsi que j'appris ma promotion au rang de premier de cordée. Avec quelques kilos supplémentaires à porter. Le poids des responsabilités, en somme.

C'est simple et léger, une liste sur une feuille de papier. Pourtant, nous avons passé l'après-midi à ranger les affaires dans les sacs à dos, par ordre de priorité à la sortie. A peser, soupeser. Déballer, éliminer le superflu qui te paraîtrait essentiel en toute autre circonstance. Ranger, peser, soupeser. Déballer, et éliminer encore un ou deux trucs superflus. Remettre dans le sac, peser et soupeser. Le sac, tiens-le-toi pour dit, est toujours trop lourd, trop gros. En fait, le seul critère d'acceptation du sac est la fatigue du propriétaire qui finit par déclarer :

— Ça ira bien comme ça !

Vallunaraju, c'est le nom de la montagne que nous allons essayer d'apprivoiser à partir de demain. David nous a tous fait sortir un moment de la maison, et nous l'a montrée. Vue dans le soleil couchant, elle nous salue de ses deux bosses de chameaux. L'une est un peu acérée, en signe d'avertissement préalable. La deuxième, tout en rondeur à cette distance, est plutôt bonhomme. Ça tombe bien, c'est le sommet. Un silence religieux plane sur la petite équipe, muette et respectueuse.

Ce soir, nous avons mangé dans une crêperie bretonne (si, si, tu as bien lu). Le repas ne fut ponctué d'aucune fanfaronnade quant à de prétendus exploits alpins. C'est étonnant, cette humilité qui pour un peu donnerait dans le manque de confiance. Cela dit, il vaut mieux douter maintenant qu'une fois l'irréparable arrivé.

Tu te souviens de ce que tu me disais de tous ces repas lors des formations, ou pour les réunions ? Tous ces bombements de torse et effets de manche pour montrer que Je suis plus beau, plus fort et plus intelligent que les autres, J'ai droit à votre reconnaissance n'est ce pas, voire une augmentation, ou alors, soyons carrément fou, une Promotion. Je les ai bien enfoncés, tous mes petits copains, avec mes jolis transparents colorés qui apportent en offrande Ma Performance à Dieu Le Chiffre. Il faut que Je brille enfin, avec moults paillettes et courbettes, faisant serment d'allégeance par toute ma bêtise aveugle au Dieu Chiffre dont mes Chefs sont les gardiens. Sinon, ma tête sera mise à prix, pour que l'ordre règne à nouveau sous votre règne, Oh ! Vous Mes Seigneurs.

C'est dingue, ce contraste…Il faut donc que ce que nous allons affronter à partir de demain soit terriblement profond, pour que nos masques tombent sans la moindre résistance et nous révèle aux autres et à nous-mêmes, tu ne crois pas ?

David nous regarde derrière ses énormes loupes de myope, sa main soutenant sa tête. A quoi pense-t-il réellement ? Nul mot ou expression ne le trahit, et parfois j'ai envie de le secouer avec des « Tu vas parler, dis ? tu vas parler, enfin ? ». Avons nous payé pour venir, ou alors nous a-t-il choisit pour jouer quelque étrange comédie dont nous ne connaissons pas encore toute la portée du scénario ?

J'ai roté mon Coca quotidien par inadvertance, rompant ainsi la cène pour nous ramener brutalement à la réalité bassement matérielle de l'être humain.

Je bois un coup à ta santé, petite cigale. Demain, je pars grimper quelques chiffres au-dessus de la mer.

Dieu tout puissant mais Vérité insoumise

Il est trapu, le front volontaire. Son cou de taureau soutient des mâchoires conçues pour la parole méchante et provocante. Ses yeux vont et viennent dans tous les sens, hautains et méprisants. Il serait presque élégant avec le tombé impeccable du pantalon de son costume si sa veste croisée ne venait rappeler son esprit étroit : elle ne laisse aucune molécule d'imagination ou d'humour s'échapper de ce corps.

Une heure et demie que nous sommes en réunion avec lui.

Le cou de taureau :
— Mais je n'ai que des problèmes avec vous !
Mon chef :
— C'est justement pour ça que nous sommes venus vous rencontrer. Nous voudrions envisager avec vous les solutions qui permettront de résoudre les difficultés que vous évoquez.
Le cou de taureau, provocateur :
— Mais je n'ai pas besoin d'envisager les solutions. Si vous êtes là, c'est que vous avez déjà résolu les problèmes que j'ai avec vous !
Mon chef :
— Si vous me le permettez, il semble que nous ne pouvons résoudre ces difficultés qu'avec votre aide.

Le cou de taureau :

— Comment ça avec mon aide ? Non seulement vous ne me créez que des problèmes, mais en plus vous venez me demander de signer un chèque ?

Moi :

— Avant de parler d'argent, je pense qu'il faudrait parler technique.

Le cou de taureau :

— Comment ça, technique ?

Moi :

— En fait, pour chacun des problèmes que vous avez avec nous, et nous avec vous, il semble que les recommandations d'installation que nous vous avons communiquées n'aient pas été prises en compte.

Le cou de taureau, ironique :

— Vous, vous allez me faire le coup du matériel à emmailloter dans une boule de coton !

Mon chef :

— Boule de coton, non, mais respect de certaines règles de l'art que Simon avait transmis tant à vos ingénieurs d'affaires qu'au niveau projet. Simon, tu peux nous les montrer brièvement ?

Le cou de taureau :

— Attendez, attendez, avant de déballer vos paperasses. Je vais demander à mes ingénieurs de venir.

Il décroche son téléphone. Trouve l'ingénieur d'affaire du chantier où nous avons le plus de casse. Compose un à un tous les postes des ingénieurs projets. Comme il est huit heures et demi du soir, ceux-ci sont rentrés depuis longtemps chez eux vaquer à de saines occupations.

Le cou de taureau, furibond :

— Pas étonnant qu'une taule où les ingénieurs se cassent chez eux en plein après-midi n'avance pas !

Puis, à l'attention de « son » ingénieur d'affaire :

— Ce monsieur que tu connais me dit que les recommandations d'installation qu'il t'a transmises n'ont pas été respectées ! Tu réponds quoi à ça ?

L'ingénieur d'affaire lorgne un instant sur les fax que j'ai vaguement étalé sur la table.

— Je ne me suis pas occupé de ça dans le détail. J'ai tout transmis à Pierre coté projet pour qu'il l'intègre.

Il a fait tout ce qu'il a pu Pierre, ingénieur d'étude, mais le Chiffre est parfois si puissant que la technique plie parfois devant lui, faisant ainsi preuve d'un courageux et philosophique esprit de Munich. Les règles de l'art, ce n'est pas vendeur. Ça coûte trop cher, et l'Art Véritable consiste à gagner du pognon. En rognant sur tout. Le Moins cher, à tout prix. Quel qu'en soit le prix. Le Dieu Chiffre vaut tout tous les sacrifices.

Moi :

— Vu les dernières photos que j'ai prises sur le site, il semble que cela n'ait pas été le cas. Nous avions même consigné cela dans un courrier recommandé, dix jours avant que le matériel ne casse.

Le cou de taureau :

— En gros, vous êtes en train de nous dire que nous ne savons pas faire notre boulot ?

Moi :

— …

Le cou de taureau :

— Vous ne le dîtes pas, mais vous le pensez très fort !

Moi :

— …oui.

Et là, le cou de taureau est devenu tout rouge de colère :
— Mais bordel, nous sommes les numéros un mondiaux ! Si on en est là, c'est qu'on savait faire notre boulot avant que votre mère n'arrête de vous torcher ! Des fournisseurs comme vous, on en a foutu à la porte des palanquées. Vous ne m'apportez que des problèmes ! Je ne veux que des fournisseurs qui me vendent des solutions, pas des emmerdes ! Vous paierez jusqu'au dernier centime tous les dégâts, et si vous ne vous bougez pas plus que ça, vous paierez les pénalités de retard plein tarif, je vous le garantis ! Ça vous apprendra à ne pas respecter vos clients, ceux qui vous nourrissent !

Deux tables de la salle de réunion prirent leur envol, accompagnées aussitôt par une chaise. Mon chef, effrayé par la réaction du cou de taureau furibard, prit la tangente. Je lui emboîtai le pas sans me faire prier.

Nous sommes ressortis, soulagés de pouvoir respirer un air frais et purifié des vociférations du cou de taureau. Je suis vidé d'avoir dit, d'un seul oui synthétique, ce que je pensais vraiment à un client. Mon plus gros client. Et c'est la première fois que j'ai dit stop. Que j'envoie paître cet axiome con qui consiste à dire que le client a toujours raison. Et paf, un coup de pied à l'esprit de Munich.

Je suis soulagé, et terrifié aussi des conséquences de mon geste. Mon chef me regarde, il est d'accord avec moi, et encore plus terrifié.

Mon Dieu, vais-je continuer longtemps à vivre ainsi, à contenir mes idées, mes paroles, et à trembler de peur à chaque fois que j'ose m'exprimer sincèrement ?

Est-ce cela la vie, une lente agonie de l'affirmation de nos différences au profit de cette complaisance diplomatique que nous offrons en sacrifice au Chiffre ?

Est-ce cela la société, ce théâtre où les forces du monde qui nous a fait et nous entoure sont bafouées par la toute Puissance du Chiffre ?

Est-ce cela les hommes, si aveuglés qu'ils ne savent même plus jouer le rôle qu'ils se sont attribué avec au moins un minimum d'honnêteté envers eux-mêmes, et un peu de respect pour l'autre ?

Mes jours doivent-ils ressembler en permanence à cette tragédie grecque ?

Griffes et douceurs

Anne,

A ma gauche, l'altiplano qui s'engloutit dans le mystère de l'horizon. La houle herbeuse, océan d'espace solide, noie le regard.

A ma droite, neige, glace, rocs et nuages entrelacent leurs griffes et leurs crocs pentus pour déchirer l'imprudent au moindre accroc dans le chaos minéral au milieu duquel nous cheminons. D'instinct, nous dérivons vers la plaine à nos pieds. De raison, nous luttons contre nous-mêmes et la gravité pour suivre l'idée ténue d'une vague sente qui pourrait peut-être nous amener vers un bivouac.

L'herbe cède de plus en plus le pas au minéral. Le soleil goutte à peine des nuages, il glisse vers le Pacifique.

Un simulacre de muret, un arpent de sol que les cailloux osent un peu moins déchiqueter, c'est le bivouac.

Fourmis que le sol tient en suspens pour mieux les catapulter vers le ciel immense, nous nous affairons pour dresser les tentes.

Etienne :

— David, je crois bien que les piquets des tentes vont aller porter plainte !

David :

— Qu'est ce que tu racontes encore comme ânerie ?

Etienne :

— Ben oui, ils se tordent de douleur à chaque fois que j'essaie d'en planter !

Marie :

— Ça, avec tes grosses mains de brute épaisse, c'est clair que tu ne sauras jamais leur parler avec douceur à ces petites choses.

Etienne :

— Mais puisque je te dis que je ne trouve pas un seul endroit pour les planter : y'a des cailloux partout !

Gérard :

— Non, sans blague ? C'est dingue ce que tu peux être observateur !

Etienne :

— Marie, comment tu as fait ?

Marie :

— C'est simple, je fais plus confiance aux haubans qu'aux piquets qu'on ne peut pas enfoncer. Ça s'appelle de la finesse féminine et de la créativité.

Etienne :

— Bon, d'accord.

Plus tard, Etienne, déjà installé dans la tente :

— J'ai un gros caillou en plein milieu du dos !

David :

— C'est rien, c'est le métier qui rentre !

Etienne :

— Mais je ne vais jamais pouvoir dormir comme ça !

Gérard :

— Mais si, tu peux très bien découvrir d'autres positions de l'amour : le caillou au milieu des cotes à gauche, au milieu des cotes à droite.

Marie :

— C'est vrai, c'est une bonne idée : tu ne sombreras pas dans la routine avec ton caillou. Il faut savoir rompre la monotonie à l'intérieur du couple.

Etienne, plutôt grognon :

— Mais comment vous faîtes pour accepter de dormir sur un truc pareil, vous ?

David :

— C'est simple, la monogamie, c'est la monotonie. Alors on a choisit pleins de petits cailloux pour venir nous faire des câlins partout sur le corps : Il y en a tellement qu'à la fin on ne sait plus où on a mal.

Gérard :

— Et oui, Etienne, c'est ça l'amour, le vrai. Ça fait mal et c'est bon !

Tu m'imagines ? Je suis là, en vacances, dans des conditions qui paraîtraient cauchemardesques à n'importe quel individu sensé, et pourtant je suis heureux de ces cailloux qui malmènent mon dos, des sangles du sac à dos qui écrasent mes épaules, de mes poumons qui guettent anxieusement la moindre parcelle d'oxygène. Je craque de toutes mes membrures, je geins sous le poids du ciel et de la gravité terrestre, le moindre centimètre carré de ma peau grelotte, se rétracte devant le froid qui dévale du glacier un peu plus haut : je suis vivant comme jamais.

Plus de clients capricieux, plus de litiges, de Chiffre à atteindre, de délais à tenir, d'offres à remettre, de rapports à rendre, d'engueulades et de frustrations à encaisser. Ici, ma vie est pleine et entière, elle est Une. Je ne grogne plus, je ne m'énerve plus, je n'ai plus envie de crier après les autres et me détruire. Je suis.

Etienne rêve, comme à son habitude, d'une entrecôte bien saignante arrosée d'un bon rouge, assis à une confortable terrasse en train de profiter de la fraîcheur du soir et d'écouter les grillons striduler. Au lieu de cela, il mange debout une vague soupe mêlée de semoule en se dandinant d'une jambe sur l'autre pour échapper au froid qui mord de plus en plus. Je me gèle le cul sur un rocher malgré mes pelures d'oignon.

Marie vient caler son dos contre le mien pour réduire la surface de son corps exposée au vent griffu. En d'autres temps, tout le monde se serait plaint du caractère frugal du repas, mais la fatigue et l'altitude ont rempli les bols.

David nous mitonne amoureusement une maté de Coca.

Tout le monde frissonne, bat la semelle, demi-cercle de disciples attendant la parole du Maître, David, qui tente de nous endormir avec le ronron du réchaud qui nous prépare le breuvage magique, garant de notre forme et d'un premier bonheur sommital demain.

Nous sommes trop heureux de trouver dans ce simple bol rempli d'eau chaude parfumée et sucrée toutes les douceurs nécessaires à la vie et à la joie. Nous avons aspiré la chaleur de l'eau et du dernier rayon du soleil sur nos visages avant de battre en retraite à l'intérieur de nos tentes.

L'eau chaude est un délice qui porte en lui tous les souvenirs de la journée passée et toutes les promesses du lendemain, de la vie que nous croquons avec appétit à chacun de nos pas.

Que nous faut-il, chez nous, pour nous sentir heureux, pleins, repus ? Combien de magasins, d'embouteillages, de queues, de heurts ?

Ici, je suis jeune et en vie. Là-bas je suis déjà vieux et bientôt mort. Ici, le ronflement d'Etienne qui a voulu engloutir trop de semoule me fait sourire. Dans l'autre tente, je devine David en train de se retourner comme une crêpe dans son duvet pour éviter d'étouffer sous la masse envahissante d'un Gérard écrasé par le ciel qui est de plus en plus proche.

Là-bas, le moindre bruit humain est une agression, un trop plein d'humanité qui déferle et noie toutes choses. Ici, je guette, avide, la parole de mes compagnons. Ils m'écoutent.

Je n'entends plus rien que les respirations de mes compagnons, et les ronflements de Marie qui tente de se faire remarquer en tronçonnant la nuit. Son tronçonnage reflue bientôt, impuissant devant la vague du sommeil qui me guette.

Il doit faire jour chez toi, ton sommeil s'enfuit sous les coups de boutoir du réveil assassin et vient m'envahir à mon tour. Je guette tes rêves, j'ai envie de les reprendre à mon compte, d'y ajouter un peu de moi et de te les renvoyer demain avec le dernier lambeau d'obscurité qui partira vers toi.

Je te fais cinq mille bisous.

Départ

— Il est l'heure.

Qu'est ce que j'ai bien pu oublier ?

— Il est l'heure, tu vas être en retard.

En retard pour quoi ?

— Il est vraiment l'heure, tu sais, il va falloir y aller.

Aller où ? Je suis si bien ici !

— Il est l'heure d'y aller !

Pourquoi cette litanie d'heure vient-elle vriller mon sommeil ?

— Simon, c'est vraiment l'heure !

Secousses dont les ondes de choc brisent la banquise sans faille de mon sommeil qui débâcle aussitôt. Mes yeux récupèrent un à un des fragments de tente, de duvets, de vêtements, de halos lumineux qui percent le noir. Marie me tient encore le bras, le secoue encore un peu, pour être sûre. Mon cerveau remet lentement les morceaux dans l'ordre. Il est cinq heures du matin vers le sommet.

Un vague déjeuner plus tard, les halos de nos frontales ont commencé à peindre les rochers usés jusqu'à la moelle, ronds fugitifs sur des rondeurs de Dame Terre. Le silence n'était troublé que par les griffures de nos bâtons qui tâtaient la nuit en quête d'un appui et les hésitations ensommeillées de nos semelles.

Le faisceau de la lampe de David a buté contre une énorme masse blanche : le glacier. A l'orient, une vague clarté a commencé à se disputer avec les ombres glauques.

Nous avons arrimé les crampons à nos chaussures, j'ai enfilé quelques anneaux de corde autour de mon buste après avoir supputé la bonne longueur à laisser à Eric. J'ai troqué mes bâtons pour mon piolet, plus efficace pour enrayer une chute, bloquer un second en détresse, ou l'assurer pour un pas plus difficile que les autres vers le ciel qui s'est illuminé radieux du soleil imposant.

David a jeté un dernier regard à la petite troupe, et puis il a lâché un « c'est parti » qui marquait notre véritable entrée en scène après les répétitions.

Je l'ai laissé filé devant, une bonne cinquantaine de mètres au moins, histoire de ne pas réaliser au dernier moment qu'il a été englouti par une crevasse traître avec Gérard, Etienne, Marie. Le premier cri de douleur de la glace sous la morsure de mes crampons a fini de me réveiller. Très vite, nos pas se sont mis à lire mélodieusement la glace du Vallunaraju. Eric suivait sans peine, j'avais quelques anneaux de corde à la main au cas où, et je me suis détaché de mon corps. Le ciel d'un bleu parfait, intense et pur était celui de nos rêves d'enfant. Aucun peintre ne coucherait sur la toile une telle couleur, de tels contrastes. Les images sont dures de précision sous la lumière de ce monde. Les mètres s'effacent derrière nous à petites goulées, me remplissent de la joie immense des possibles qui me tendent la main.

Ici, accroché en plein ciel sur un petit morceau de terre recouvert de glace et de neige, je réapprends à mettre un pied devant l'autre, sans me mentir, sans mentir, sans compétition, peut-être sans autre but que d'être à nouveau un homme dans un endroit que les hommes ont fui.

C'est peut-être pour me sentir un peu plus entouré que je t'appelle de toute la force de mes souvenirs.

Devineras-tu les centaines de prétextes que je me prépare pour faire glisser nos conversations de ces lieux communs qui s'appelle le travail et les idées reçues vers ta vraie vie, ton vrai toi ? A chaque fois, les prétextes s'enfuient de moi.

Imagineras-tu cette petite bouffée de chaleur qui m'envahit lorsque ton numéro de téléphone s'affiche sur l'écran du mien ? Et dès que tu as raccroché, un froid glacial me rattrape et me congèle le goût. J'ai peur de quoi pour me figer ou m'évaporer ainsi devant toi ? Et toi, tu as peur de quoi, pour que tes lèvres trahissent par d'imperceptibles tremblements des mots trop longtemps retenus au bout de la langue ?

Suis-je si terrible que tu m'invites à prendre l'apéro dans un imperceptible murmure, un soir et que tu t'enfuis pendant que je suis en réunion avec le Chef, sans numéro de téléphone, sans un bout de papier avec une quelconque explication ?

Nous avons débouché sur une arête hérissée d'ice-flutes, cette neige que le soleil, le vent et le froid sculptent et dardent vers le ciel comme autant de griffes éphémères entre lesquelles nous avons cheminé aussi précautionneusement que si nous avions été dans une exposition de vieille porcelaine chinoise.

Huaraz ondulait ses tentacules au fond de la vallée, loin devant nous. La vallée faufilait sa mosaïque de champs multicolores entre le désert torride des montagnes de la Cordillère Noire et les sommets glacés et inhumains de la Cordillère Blanche, sous un ciel bleu et dur comme l'acier.

A l'Est, quelques cumulus surveillaient l'enfer vert de l'Amazonie…

Les minutes ameutent la fatigue à pas de loup, obscurcissent le champ de vision qui se réduit à la dizaine de mètres devant les pieds qui jouent de la machine à coudre avec la vigueur de l'escargot par temps sec.

Tout d'un coup, mon champ de vision, c'est la masse imposante d'Etienne. Il boit à grandes goulées, l'œil narquois de sa glouglouteuse provocation.

Etienne :
— Si tu savais comme ça fais du bien !
Moi :
— Je veux bien me l'imaginer, oui !
Eric :
— Moi aussi.
Etienne :
— L'imaginer, c'est bien. Le sentir, c'est encore mieux.
Eric :
— Ça on s'en doute aussi.
Moi :
— C'est vrai que ça doit faire du bien sur la glotte.
Etienne :
— Oui. En fait, ce qui coûte le plus, c'est de tomber le sac à dos pour en extraire la gourde qui est enfouie tout au fond.
Moi :
— L'idéal, c'est une âme généreuse qui a déjà accompli cette pénible tâche, qui a fini de boire et qui a suffisamment de charité chrétienne pour offrir le reste de sa gourde à son prochain.
Etienne, l'œil malicieux :
— En clair, tu penses que l'âme généreuse, c'est moi ?
Moi :

— Oui, sans aucun doute.
Etienne :
— Et bien… tu as raison.
Eric et moi :
— Merci !

Et Etienne d'éclater d'un rire aussi tonitruant que la neige qui nous inonde d'une lumière aussi éclatante que l'entrée du Paradis.

Vallunaraju

C'est sidérant, cette fournaise en plein désert glacé. Il n'y a pas de juste milieu, pas de compromis. Tout ou rien, blanc ou noir, pentu ou plat. Je viens de prendre pied dans le royaume du radical, du vrai, du manichéen, du simple, du clair. Finis les atermoiements, les voies médianes, les tiédeurs. C'est si bon autant de simplicité. Ça dégage l'esprit, comme l'eucalyptus peut dégager les bronches, ou un chasse neige tracer sa voie à travers la tourmente.

A droite, deux mille mètres de précipice hérissé de milliers d'ice-flutes qui bordent chacun des couloirs prêts à nous happer à la moindre incartade. A gauche, les formes molles et rebondies des glaciers qui apaisent et rassurent les yeux. Je regarde la cordée de David filer vers la gauche, par delà la dernière crevasse. Le pont qui l'enjambait encore quelques instants auparavant a été assassiné par le poids de la cordée. Le vide me barre le chemin, il va falloir que je fasse ma trace désormais.

Je hisse mon corps mètre après mètre dans la neige profonde qui m'enlace de son étreinte gluante jusqu'en haut des cuisses. Plus rien n'existe que la petite vague de neige et de givre qui se forme devant chacun de mes genoux, et les battements de mon cœur dans ma tête assommée par l'effort.

David nous guette depuis le haut. Le salaud, je le hais. Dès qu'il nous a vus sur la bonne rive de la crevasse, il file vers le sommet tout proche. Le salaud, je le hais. Il aurait pu nous attendre. Nous laisser souffler. Le salaud, je le hais. C'est vrai ça, il ne pourrait pas laisser tomber une seconde, rien qu'une, son rythme infernal et nous laisser vivre ?

Il faut oublier le temps, il faut oublier les distances, penser à l'instant présent et rien de plus, laisser les yeux s'hypnotiser des milles éclats des pétales de givre qui luisent au ciel et transforment la neige en manteau de strass et paillettes. Jamais fête ne me fut aussi épuisante, et elle me jette hébété dans les traces de David qui file vers le but.

Dernier mètres, derniers pas, nombreuses inspirations et expirations. Et puis ça ne monte plus. Ni à gauche, ni à droite. Devant, ça redescend. Derrière, c'est là d'où l'on vient. Où que l'on aille, on ne peut que redescendre : le sommet.

Un sommet, c'est un point qui ne mène nulle part ailleurs que vers le bas. C'est plus près du ciel. C'est tout. Au loin, vers le Huascaran, d'énormes cumulus chargés d'humidité amazonienne débordent par-dessus la Cordillère Blanche et déversent toute leur tristesse sur la vallée : ils ont du être frappé de stupeur devant la désolation aride de la cordillère noire qui émerge du cloaque des brumes incontestées sur le désert de la côte Pacifique. D'énormes pinceaux de pluie ont entrepris de repeindre de frais la vallée empoussiérée et les neiges de la haute chaîne. Des rafales de vent nous bousculent alors que nous nous serrons les mains et embrassons Marie, un peu admiratifs de voir une fille réussir un cinq mille six pour sa première vraie sortie d'alpiniste...Les gourdes déversent l'eau précieuse dans nos corps desséchés. Les appareils photos cliquètent le paysage. Le froid rode autour de nos corps essoufflés que nous protégeons de toutes nos pelures.

Voilà, j'ai l'horizon à mes pieds. Il n'y a plus grand chose qui arrête mon regard. Je glisse sur l'Altiplano, joue à cloche pied entre les sommets de la Cordillère Noire et les cultures chamarrées de la vallée, j'étreins le globe dans mes bras, le regarde enfin tendrement, je m'envole sans effort et sans bruit admirer tout ce qui m'entoure et fait que le Monde est Monde. Je respire toute la vie à pleins poumons, assis sur mon sac. Mon stylo trace des mots engourdis sur un bout de papier qui j'espère arrivera jusque dans tes mains. Je me surprends à te guetter quelque part dans la pente de neige, derrière moi, dans une maison, dans cette vallée ou ailleurs.

Je ne me sens plus seul et il m'a fallu dix sept mille kilomètres, un continent, un océan et un hémisphère de distance pour m'en rendre compte.

Eric m'a secoué. Cela fait deux ou trois minutes qu'il m'appelle. J'ai regardé un peu éberlué sa barbe noire, et je n'ai compris les significations de ces paroles qu'en suivant son doigt pointé vers la cordée de David qui était déjà toute petite, là-bas dans la pente, engloutie par le vertige et la nécessité de redescendre un jour. Je voulais tant rester encore un peu avec toi, perché entre ciel et terre des humains, que j'ai mis un temps infini à refaire proprement mes anneaux de corde qui me raccrochent à la vie d'Eric et à la tente qui nous attend ce soir.

La lumière de l'après-midi finissant attire les appareils photos. Les pas sont lourds de fatigue, l'attention se relâche. Je reste sur mes gardes, même si la trace de David repousse au loin les dangers inutiles. L'altiplano resplendit sous le soleil qui décline. Il est infini, étale son gazon promesse de moelleuse douceur à hauteur de mes yeux. Le ciel engendre la neige, qui donne vie à la terre infinie et douce. Eric jubile autant que son appareil photo peut cliqueter. Son œil brille de mille feux, un sourire zèbre d'un éclair de joie blanche sa barbe hirsute. A chacun de nos pas répond le joyeux concert de nos broches, descendeurs et autres artifices d'apprentis marcheurs de ciel, ponctué des « scronchs » gloutons de nos crampons qui mordent la glace d'un bel appétit.

C'est la magie du retour, c'est une naissance joyeuse empreinte de la satiété et du bel ouvrage, de l'acte simple et bon, de la vie qui s'accomplit.

La pente du glacier qui vient mourir sur la roche polie à quelques encablures de nos tentes nous a jetés ivres de fatigue, de vent et de neige sur les rives d'un bon repas et du sourire radieux de José, heureux de nous voir heureux.

Mon stylo laisse perler encore quelques larmes de bonheur sur le papier pour te décrire le bonheur de ce jour. Je suis pressé de revenir à Huaraz te les poster, donner ce petit paquet de missives à la postière au regard mort, et qui ne se rendra même pas compte que sa tâche si simple est si importante.

Ce soir, Anne, je te fais cinq mille six cent quatre vingt six bisous.

Retour

C'est le matin. Je me suis sacrifié pour aller chercher de l'eau pour le petit déjeuner. C'est terrible, à peine réveillé, de casser la glace qui recouvre une flaque pour ensuite plonger les mains dans l'eau et maintenir en immersion une à une les gourdes de la petite communauté. Ça mord comme un chien de l'enfer, tu sais, l'eau glacée sur la peau des mains dans le vent aigre de ce matin gris sous un ciel tourmenté.

De retour vers les tentes, je trouve tous les disciples en demi-cercle autour du grand maître David. C'est manifestement le grand moment de philosophie du matin.

Gérard :

— Pourquoi doit-on redescendre ?

Philipe :

— C'est la dure loi de l'alpiniste. Celui qui est monté doit redescendre.

Marie :

— Tu crois que ça veut dire qu'on ne peut pas longtemps prendre de la hauteur ?

Gérard :

— Allez Etienne, dis-moi qu'on n'a pas fait tout ça pour rien ?

Marie :

— Oui, Etienne, Gérard a raison, on n'a pas fait tout ça pour rien ?

David :

— Parce que vous espériez redescendre complètement différents ?

Marie :

— Ah, parce que non seulement on paie très cher pour venir ici, on fait des efforts déments pour arriver à un sommet, mais en plus ça ne change rien à la vie ?

David :

— Peut-être que ça change quelque chose, mais que tu ne t'en rends pas encore compte.

Gérard :

— Comment ça ?

David :

— Ce qui est monté doit redescendre, un jour ou l'autre, sous une forme ou sous une autre. Ça c'est le coté physique des choses.

Etienne :

— Donc ça suppose qu'il se produit un changement sur le coté intellectuel des choses ?

David :

— Dans ta vie, est-ce que tu as déjà ri aussi fort qu'hier, quand tu as donné ta gourde à Simon ?

Etienne :

— Ben…non.

David :

— Donc, tu es monté, tu redescends et la seule chose qui se soit passé entre temps c'est ton rire. Et tu as ri comme jamais tu n'avais ri.

Etienne, sidéré :

— Oui, et alors ?

David :

— Et alors, c'est ça qui a changé.

Le vent est tombé, foudroyé par quelques rayons envoyés en avant garde d'une journée agréable par l'astre solaire. Il était grand temps de plier le camp et descendre vers la vallée, emportés par un véhicule motorisé.

Les herbes se sont liguées contre nous pour éprouver l'adhérence de nos semelles, jetant quelques-uns uns d'entre nous et non des moindres renifler l'odeur d'un humus rare à cette altitude. Les mètres de dénivelé se sont escamotés un à un, un semblant de rappel pour le passage difficile de l'aller, encore quelques pas, et nous voilà baignant de sueur dans la touffeur des basses altitudes que nulle brise ne vient rafraîchir. Un grand camion rouge qui ressemble à une bétaillère nous attendait. Nos chaussures légères ont accueilli avec délectation nos pieds heureux de quitter les étuves dans lesquelles ils marinaient depuis trois jours. Nous invitons David à se réfugier à l'intérieur de l'habitacle, seule place digne de son rang à nos yeux respectueux.

Le reste du cheptel a pris place à l'arrière, en plein vent.

Nous avons brinquebalé, cahoté, titubé une bonne heure avant d'entrer avec délices dans Huaraz la chamarrée.

Gérard :

— Dis, Etienne, tu va avoir le courage d'attendre jusqu'à ce soir pour te refaire une santé, si tu vois ce que je veux dire ?

Etienne, les yeux brillant :

— C'est vrai qu'on va être rentrés tôt et que le repas du soir va se faire attendre.

Gérard :

— On pourrait peut-être se faire une petite virée ni vus ni connus dans un resto ?

Etienne :

— T'as raison. On pourrait même en essayer plusieurs, pour être surs de bien manger ?

Gérard, ému jusqu'au larmes à l'idée de faire bombance :

— On pourrait peut-être prendre quelques cachets antiturista à titre préventif avant ? Comme ça, on sera sûrs que David n'y verra que du feu !

Etienne :

— Banco !

Marie :

— Pour moi, ça sera une bonne douche bien chaude. Une grande maté de coca, et la sieste.

Eric, un zeste inquiet :

— Moi, je vais prendre une douche et après, je vais partir à la chasse d'une boutique capable de me développer mes photos en vingt quatre heures. Comme ça, demain, je pourrais vérifier que mes réglages sont corrects. Ça serait bête que je loupe les photos de la suite de notre aventure.

Etienne :

— Et toi, Simon ?

Moi :

— Une douche, je me rase pour avoir une peau de bébé, je file acheter quelques cartes postales et enveloppes, et après, hop, direction la poste.

Le Petit cireur de chaussures

Calé sur un banc de la Plazza de Armas, mes lettres, mon papier et mon stylo dans une main, je regarde l'imposant Huascaran au loin. C'est là-bas que nous allons. Pyramide massive, puissante, incontournable, capée de glaces, elle trône au milieu de mon champ visuel comme un monarque s'impose à ses sujets du haut de son trône. Six mille sept cent soixante huit mètres. C'est un joli chiffre. Personne n'ose dire que ce chiffre là sert à quelque chose de bien précis. C'est quoi, six mille sept cent soixante huit mètres ?

Pour nous, c'est un endroit où nos destins ne dépendent que de nous, n'engagent que nous. Une aventure dans le monde. Nulle autre décision que celle que nous aurons prise ne viendra nous influer. Nulle autre loi que celle de la nature, de nos forces, de nos faiblesses, n'aura sa place. C'est une histoire simple, forte et vraie, peut-être aussi simple, forte et vraie que la vie dont nous rêvons. Sans autre prétexte que le plaisir inutile.

Après tout, la vie ne sert à rien, alors autant qu'elle soit belle et inutile. Oser vivre par moi, pour moi, un bref instant, trente et quelques années après ma première tentative de naissance. Respirer à pleins poumons un air raréfié, et me sentir vivre comme jamais. Arracher mon pied enfoui sous une tonne de neige, le sentir emmener mes épaules écrasées par le poids du sac à dos, et exulter de ce corps qui souffre et avec lequel je me réconcilie pourtant. Me forcer vers l'inaccessible, l'impensable, l'incroyable et vibrer, trembler, frémir, douter de toute mon âme de cette expérience. Ecouter les rares paroles de mes compagnons et découvrir que je les aime, sans jugement, sans à-priori, et prendre enfin du plaisir de leur simple présence. Dix sept mille kilomètres, un continent, un océan, un hémisphère, et six mille sept cent soixante huit mètres pour ça, et rien que ça. C'est un cri, mon cri, et je ne réalise pas toute la douleur qui me pousse à le hurler.

Pour d'autres, cela paraît tellement dur que la montagne inspire un respect dédaigneux parce que son langage, ses codes sont et resteront à jamais incompréhensibles. Elle sera toujours loin, inaccessible et vaine, prétexte esthétique à une carte postale.

Pour d'autres encore, arriver en haut serait l'occasion de prouver sa compétence, sa performance, un moyen de briser les sales inhibitions humaines, qui rendent inaptes à participer à la réalisation du Projet de l'entreprise, pour que le Chiffre grossisse, encore et toujours. Comme si la seule raison d'être du Chiffre pouvait être sa Capacité à grossir encore plus la fois suivante. Grossir, toujours ! Quelle Erection !

Un petit gamin s'avance vers moi, les débris d'un nécessaire à cirage à la main, le regard plein du fol espoir de gagner quelques piécettes en remettant mes baskets de toile à neuf et admirer mon sourire devant ce miracle. Je ne suis pas arrivé à mettre un âge sur son joli petit visage crasseux. Six, sept ans, peut-être moins ? Il a commencé à épousseter mes chaussures, sans hésitation et sans cirage. A sa ceinture pendouille un sac plastique à l'intérieur duquel des restes de poulet, des reliquats de frites et des croûtons de pains oscillent au gré des mouvements énergiques de leur propriétaire.

Il se trémousse à force de frotter vigoureusement mes chaussures de toile, et ramène régulièrement le sac à ses cotés, vérifie nerveusement le bout de ficelle effilochée qui le retient à sa ceinture. Il en a besoin de ce sac. Nous disons que les cordonniers sont les plus mal chaussés, lui a résolu le problème : Il est pieds nus.

Pas un moment il ne doute du bien fondé de sa tâche. Le frottement est sa seule raison d'être. Si seulement il s'était arrêté un instant, si seulement il m'avait regardé, j'aurais tant aimé lire dans ses yeux l'espoir de l'amour. Mais il est déjà résigné, il a déjà tout appris, tout compris sur la vie qui l'attend.

Il s'acharne, avec l'énergie de celui qui aime le travail bien fait. D'une main sur l'épaule, sans un mot, je l'ai interrompu dans son entreprise infernale. J'ai souri, je lui ai dit « muchas gracias » et j'ai sorti de ma poche un billet de cinq dollars, véritable fortune. Je le lui ai tendu. Il était complètement éberlué. Il regardait le billet vert comme un extra terrestre, comme s'il avait devant lui tous les cadeaux des Noëls qu'il n'avait jamais eus. Puis un sourire incrédule a illuminé sa petite frimousse, il a levé les yeux vers moi, m'a montré le billet d'un doigt qui s'est tourné vers lui. Ses sourcils en accent circonflexe en disaient long sur son incrédulité. J'ai hoché la tête.

Il a pris le billet tout doucement, timidement, comme s'il empoignait une porcelaine précieuse qui allait se briser au moindre faux mouvement. Il l'a plié délicatement, et l'a mis dans sa poche. Puis il a pris ma main et m'a entraîné loin du banc. Je me demandais bien où cela allait me mener, mais au bout de cinquante mètres, il m'a montré un autochtone, véritable bureau de change sur pied, reconnaissable à son badge officiel. Il m'a redonné le billet. J'ai transformé le billet vert en sols, et j'ai tout rendu à mon petit cireur de chaussures. Il m'a repris la main et m'a amené cinquante mètres plus loin. Là, trois tables et quelques chaises marquaient l'emplacement indubitable d'une terrasse de café.

Le petit s'est assis sur une chaise, manifestement heureux de pouvoir souffler un peu. Il m'a fais signe de m'asseoir aussi. Un serveur s'est approché de notre couple étrange, l'œil torve. Et là, le petit m'a sorti d'un pas que je pressentais bien mauvais. Il a commandé avec un aplomb tout naturel un Coca et « una cerveza per il signor ». Sitôt nos deux boissons servies, il a payé, fier comme Artaban. Il a longtemps regardé la bouteille de Coca, comme s'il s'agissait d'une statuette en or dédiée à un dieu Inca. J'ai siroté ma bière au goulot, précaution sanitaire indispensable au dire de David. Le petit m'a imité. Il a bu deux ou trois gorgées, lentement. Il gardait chaque goulée longtemps dans sa bouche, les joues rebondies de liquide et de plaisir. Nous avons regardé tous les deux la vie s'écouler dans cette rue d'Huaraz, sous le regard du Huascaran.

La bouteille de Coca est déjà bien entamée. Ma bouteille de bière est déjà vide, et ma tête tourne un peu. Le petit est si petit sur sa chaise démesurée, et ses yeux tellement immenses quand ils rêvent. Sa main a commencé à vouloir dénouer son sac en plastique. Je l'ai regardé, il s'est arrêté. J'ai fait signe au serveur que nous voulions manger. Il nous a apporté une carte que j'ai donnée à mon petit compagnon, pour qu'il choisisse ce qui lui ferait plaisir. Il a pris la carte dans ses mains, l'a tournée, retournée et puis m'a fait non de la tête, avant de me la rendre, l'air désolé de celui qui ne comprend pas à quoi peut bien servir un tel papier. Le serveur, charitable, est venu à mon secours pour me proposer la seule chose que je pouvais facilement comprendre :

— Steak ?

— Si, muchas gracias

Le petit a vu le steak débarquer devant lui quelques minutes plus tard. Son doigt m'a montré l'assiette, puis sa petite frimousse avec un air interrogateur. Mon hochement de tête a fini de le convaincre. Il a attrapé le couteau et a commencé à découper la viande, la tenant avec les doigts et en se brûlant. Je lui ai montré la fourchette, et me suis lancé dans un cours de bonnes leçons de Gringos. Ça le faisait beaucoup rire, il trouvait cela si ridicule. Mais il a dévoré les morceaux avec un appétit féroce. Les quelques frites ont disparu dans le petit corps. Je l'ai vu se tasser dans sa chaise, les pieds ballants dans le vide, l'air repu. Il a fini lentement le Coca, les yeux de plus en plus dans le vague. Et puis le sommeil l'a emporté vers des rêves qui n'appartiennent qu'aux enfants.

Je me suis levé le plus doucement possible pour payer le serveur. Je lui ai donné un autre billet de cinq dollars, et il se préparait à me rendre la monnaie en sols lorsque je lui ai fait non de la tête. Alors, sans que j'aie à dire quoi que ce soit, il a pris la monnaie pour la mettre délicatement et silencieusement dans la petite boîte à cirage de mon petit péruvien qui dormait à poings fermés. Nous nous sommes regardés un instant, sans un mot, la tristesse de nos yeux suffisait. Je me suis éclipsé le cœur lourd, sans oser jeter un regard sur la petite frimousse crasseuse et endormie de mon cireur de chaussures aux pieds nus pour qui une certaine fortune arrivait en dormant.

C'est peut-être pour cela que je suis venu ici : faire les choses avec le cœur, sans calcul, sans attente d'une contrepartie, sans espoir d'un retour sur investissement, sans avoir à réfléchir sur le fond ou sur la forme. C'est apprendre à regarder droit devant, à rester droit dans ses bottes, à assumer le regard de l'autre sans sourciller.

Essentiel

Anne,

Il fait frais, la lumière filtre à peine, juste quelques rais de lumière posés sur la petite armoire comme autant de petits moutons de soleil dans le noir. Les moutons se prélassent et suivent lentement le soleil dans son survol de nos vies terrestres. Le sac de couchage d'Eric est vide. Mon oreille me susurre quelques bribes d'une molle agitation matinale. Glouglou d'un liquide dans un bol, un verre qui tinte, un couteau qui déchire à petits coups une tartine de pain grillé. Un sucre qui tombe et qu'une cuillère entraîne dans une farandole fatale. Un journal dont une main froisse les pages de temps à autre. Un éclat de rire de Marie.

Marie :

— Le plus étonnant dans cette histoire, c'est que j'arrive à faire des choses qui me paraissaient difficiles. Tu te rends compte, Etienne, la première fois de ma vie que je chausse des crampons, je me fais un sommet à cinq mille six.

Etienne :

— Et moi, t'imagines ? Avec l'entraînement que j'ai, je me paye un sommet comme ça en guise d'apéro. C'est étonnant comme David arrive à faire faire des trucs difficiles à des gens qui sont ni entraînés, ni expérimentés.

Gérard :

— Ça, c'est le mystère David. Il est passé maître dans l'art de faire passer pour simples des courses qui sont déjà corsées.

Marie :

— Tu crois que le Vallunaraju, c'est déjà corsé ?

Gérard :

— Techniquement, non, ça reste très simple. Mais physiquement, c'est déjà raide. Et regarde, on a eu l'impression de ramer uniquement après la dernière crevasse, juste avant d'arriver au sommet. Un autre guide nous aurait mis la pression pour qu'on aille plus vite, on se serait vidés à la montée et on aurait été complètement cuits à la descente.

Etienne :

— Pourquoi un autre guide nous aurait fait aller plus vite ?

Gérard :

— Pour pas prendre de risque avec la météo, les ponts de neige ou les avalanches.

Marie :

— Résultat, on aurait pris des risques coté santé et réussite de la course tout court.

Gérard :

— Mais en fait, David, je crois qu'il choisit surtout ses clients par rapport à leurs motivations, à ce qu'ils ont vraiment dans la tête.

Etienne :

— Tu crois que ça compte plus que le physique ou l'expérience ?

Gérard :

— C'est clair qu'un sommet comme ça, ça se joue d'abord dans la tête. Et si tu en as envie, vraiment envie, généralement tu vas au bout et tu en reviens.

Marie :

— C'est pour ça que dans ma boîte, on a souvent des séminaires de motivations. Comme nous ne sommes pas naturellement motivés, on nous fait régulièrement des intra-veineuses de motivation.

Gérard :

— Ah oui ?

Marie :

— Sauf que la seule motivation de la boîte, c'est de gagner du fric pour en refiler aux actionnaires, et que la motivation des gens c'est d'en faire le minimum pour gagner un salaire à la fin du mois et avoir du temps pour faire des choses pour soi, enfin, je veux dire, des trucs dont on a réellement envie.

Etienne, provocateur :

— Nous reconnaissons bien là le discours de la salariée qui n'a pas envie de se défoncer pour sa boutique. Empocher son pognon, c'est tout ce qui l'intéresse !

Marie :

— Ah ! Parce que toi, tu travailles pour autre chose que l'argent ?

Etienne :

— Oui, des fois, je prends beaucoup de plaisir à goûter un vin avant de l'acheter pour mes clients.

Marie :

— Tu crois que le gusse qui tourne le même boulon pendant huit heures il le fait par plaisir ?

Etienne :

— C'est bien là le problème. Il faudrait qu'il fasse son boulot avec un minimum de plaisir et d'envie.

Marie :

— Tu crois qu'on lui a demandé une fois dans sa vie de quoi il avait vraiment envie ?

C'est la première discussion un peu tendue en deux semaines. Le Huascaran est là, tapi dans l'ombre des esprits. La peur filtre des esprits échauffés malgré eux, petites gouttes de tempête qu'on devine plus qu'on ne voie.

J'ai huit ans. Peut-être neuf. Pas plus. Je suis bien au chaud sous les couvertures. Le vent d'ouest fait frémir les volets, les rideaux sont tout agités de soubresauts épars et laissent filtrer le froid de l'hiver. La pluie gifle rageusement la façade. En montagne, il doit neiger plein temps. J'entends les casseroles s'entrechoquer sous la conduite énergique des mains de ma mère qui prépare déjà le repas de midi. Tout à l'heure, dans une éternité, je serai dans la cuisine en train d'avaler les quatre tartines obligatoires du petit déjeuner. Ma mère me regardera et prononcera le sempiternel reproche, plus satisfaction déguisée que vilipende, de cette grasse matinée qui va m'ôter l'appétit pour le repas de midi, déjà si proche. Pourtant, j'aurais beau être rassasié de tartines, je saliverai déjà à l'idée de la sauce à la moutarde qui va venir enrubanner de saveurs la poule au riz qui cuit déjà.

Après, j'irai m'échiner sur des devoirs insipides qui ne raconteront que l'ordre des choses qui vont régir ma vie. Je jetterai un œil avide sur ma montre, comme si le temps à lui seul avait le pouvoir de mettre un terme à mon chemin de croix. Mais comme toujours, je mettrai l'énergie du désespoir pour me débarrasser de cette obligation d'être un bon fils pour pouvoir ensuite plonger sans scrupules dans les délices de ma vie propre. Cet après-midi, j'irai braver la tempête avec mes skis de fond, mon coupe vent ouvert en offrande aux rafales qui vont me propulser dans un rêve d'alpiniste héroïque aux prises avec une montagne inhumaine, enfourchant peu après son trimaran toutes voiles dehors pour aller pourfendre les déferlantes du monde entier, destination la douce caresse des alizés.

La tempête est mon alliée, mon refuge, mon énergie, ma raison, ma libération, ma mère dont la puissance incalculable me protège du monde des hommes.

Souvenirs…

Mon arrivée à la table qui sent bon le pain et le jus d'orange frais est saluée par des applaudissements et quelques moqueries :

— Alors, Simon, on a tous cru que tu avais commencé l'ascension cette nuit !

— Quel courage dis-donc ! Et te voilà déjà de retour, t'as du courir vachement vite à la descente pour avoir l'air aussi dépenaillé !

— T'as pas oublié de chronométrer ta perf, au moins ?

— Monsieur daignera-t-il accompagner le groupe d'escargots que nous sommes ?

Je leur ai tiré la langue, et me suis laissé tombé sur une chaise libre. Marie un tantinet maternelle m'a versé ma maté de coca quotidienne et m'a préparé mes tartines :

— Il faut qu'il mange bien le petit Simon, s'il veut pouvoir monter tout en haut de la grande montagne. Maman Marie s'occupe de tout, ne t'inquiète pas. Tout va bien se passer !

J'ai englouti un petit-déj gargantuesque. Œufs, bacon, céréales, tartines de confiture, chocolat, re-tartines, jus d'orange, maté de coca. Un vrai repas. Qui me laisse plein comme une outre, le ventre arrondi comme une marmotte au moment d'entrer en hibernation. Maria me regarde avec une satisfaction toute maternelle, heureuse de voir enfin un gringo faire honneur convenablement à sa table. Nous allions tous vaquer à nos occupations lorsque David nous a demandé de ne pas nous en aller, il avait plein de choses à nous dire.

Les disciples se sont rassemblés autour du Maître. En guise de sermon, il nous a asséné une liste vertigineuse d'affaires pour affronter cette épreuve de vérité qui s'appelle Huascaran.

Au début, tout allait plutôt bien : ça ressemblait comme deux gouttes d'eau au « nécessaire à Vallunaraju ». Et puis on a commencé à compter les repas, à faire les menus, supputer le nombre de bouteilles de gaz nécessaires, les besoins en vêtements, tente, pharmacie, broches à glaces, mousquetons, cordes, gourdes. Et là, les visages se sont rembrunis : ça allait faire lourd, très lourd et il allait falloir monter tout ça à six mille deux cent mètres, altitude du dernier camp avant l'Assaut Final selon le terme consacré. J'ai presque cru entendre les estomacs se serrer et les épaules craquer sous le poids des sacs. C'est pour cela que le reste de la journée ne fut guère qu'une longue suite d'angoisses.

Eric :

— Mais bordel, tu veux que je fasse rentrer tout ça comment dans ce putain de sac ?

Etienne :

— Fais comme moi, plie amoureusement toutes tes affaires avant de les mettre dans le sac et de t'asseoir dessus. Tu verras, ça se tasse mieux qu'en mettant tout en tas. Avec un peu de chance, tu va même découvrir qu'il te reste de la place dans ton sac.

Gérard :

— Ou alors, fais comme moi, achète un sac gigantesque. Tu verras, c'est tellement plus simple quand il y a de la place pour tout.

Marie :

— Mais bon Dieu, les gars, comment vous faîtes pour avoir aussi peu d'affaires à emmener ?

Eric :

— Fais comme nous, Marie, équipe-toi comme un mec : un seul slip, pas de brosse à dent, le déodorant à la poubelle, la crème de jour au rancart. Tu verras, c'est nettement plus simple et léger après.

Marie :

— C'est bien une remarque de mec plein de préjugés machos. Mais j'ai déjà fait tout ça. J'ai tout plié comme il faut, je me suis assise sur le sac et tout, mais ça ne marche toujours pas : le sac est définitivement plein.

Etienne :

— Soeurette, cette fois, je ne vais pas pouvoir te dépanner : mon sac est complet.

Marie :

— Et ou est ce que je case les crampons, les gourdes et le baudrier ? Sur ma tête, peut-être ?

Etienne :

— Je suis désolé, mais je crois que la seule solution est de supprimer les choses qui pourraient encore être inutiles.

Marie :

— Et qu'est-ce qui pourrait être inutile ? Je n'ai qu'un vêtement de rechange et c'est un tee-shirt. Tout le reste, c'est essentiel.

Eric :

— Bref, on a beau s'équiper comme un mec simple, c'est encore trop.

Etienne :

— Bref, la seule solution consiste à considérer que rien n'est essentiel et qu'on peut donc vider encore un peu le sac.

David qui passait par-là a hoché la tête devant cette maxime philosophique :

— On dirait que les sacs sont déjà pleins, je me trompe ?

Marie :

— Oui, et on pensait s'enfuir pour te laisser seul devant la porte du mini-bus demain matin !

David :

— Vous devriez plutôt considérer que vous avez rempli vos sacs avec les remèdes à vos angoisses. Donc quelles sont les deux ou trois angoisses qui méritent vraiment des médicaments ?

Et c'est ainsi que nous vidâmes nos sacs de beaucoup de choses que seul un optimisme démesuré permettait de classer dans la catégorie « inutile ». Tee-shirts, chaussettes de rechange, gants de secours, pansements pour les pieds, barres de céréales, polaires supplémentaires gisaient sur les lits comme autant de victimes d'un combat farouche contre l'ennemi commun, plus connu sous le nom de kilogramme.

Les Vraies raisons

Moi aussi, j'ai noyé mon trac : d'abord établir une liste, remplir le sac en fonction, soupeser, refaire une liste plus courte, remplir, soupeser et ainsi de suite.

Anne, t'as pas idée de ce que cela pèse lourd, un sac pour passer quatre jours entre cinq et six mille sept cent mètres. Dire que des êtres humains vivent toute l'année avec moins que ce que contient maintenant mon sac à dos, et que j'essaie de les imiter pendant les vacances ! Eux rêvent de vacances sous un toit posé sur quatre murs solides, avec un lit, un peu d'espace en guise de cuisine, quelques planches pour faire un placard…

Malgré la corde, les broches à glace, le piolet, les pommes, les cartouches de gaz, les vêtements, les vivres, les gourdes, la pharmacie, le poids qui pèse le plus lourd est celui de la Question : qu'est ce que je suis venu faire dans cette galère ?

J'ai tout bouclé. Et comble du luxe, mon petit carnet et mon stylo ont réussi à se faire une petite place. Mon sac n'est plus qu'un gros ventre à la peau tellement distendue que je me demande s'il ne va pas exploser et vomir dans une avalanche fantastique toutes ses tripes. Tu ne peux pas imaginer ce premier soulagement qu'est le clac-clac des lanières de fermeture du sac : Le premier pas est déjà franchi.

Le repas du soir a été plutôt vite bâclé. David nous a détaillé sur une vague carte notre futur cheminement, expliquant les difficultés techniques, les dangers, ramenant chaque chose à nos expériences passées pour nous rassurer quant à nos capacités à réussir. Pendant ce temps, j'ai siroté une grande maté de coca bien sucrée, en regardant cette vague carte du bout du monde où tout n'est qu'approximation. Donc, puisque tout est approximatif et que nous avons mis toutes les chances de notre côté, finalement, la seule chose qui reste à faire, c'est d'y croire, Anne de l'autre bout du monde.

Le petit banc boîte sous le lampadaire qui bat la breloque. De temps en temps, un véhicule fait grincer ses amortisseurs depuis longtemps tués par les kilomètres assassins. L'air sent l'eucalyptus et un peu la poussière. J'ai froid.

Une lune mutine jette sa lueur malicieuse sur le Vallunaraju qui me salue, hautain et débonnaire pourtant. Plus au Nord, je devine une crête plus haute encore, trahie par quelques scintillements d'une écaille de glace qui profile une masse plus sombre. C'est Lui, il est là, sûr de lui. Je sens son regard me transpercer et jauger le poids de mon âme qui se tortille dans tous les sens pour échapper à Son examen implacable. Je ne sais plus quoi faire de ma carcasse pour échapper à Son Inquisition. C'est terrible, ce regard glacé et silencieux. Ça me gèle le sang, et en même temps je n'arrive pas à me persuader qu'il puisse être aussi terrible.

C'est le grand moment. J'aimerais faire dix sept mille kilomètres, traverser un océan, quitter ce continent, changer d'hémisphère pour échapper à ce qui m'attend, que je désire de toute mon âme et redoute de tout mon corps. Je suis un petit enfant qui part affronter l'Ogre. Il doit être bien seul, bien désespéré, cet enfant qui part combattre un Ogre…Il a sans doute besoin de savoir à quoi il ressemble, le démystifier, lui trouver des faiblesses pour enfin l'apprivoiser, le faire sien et pouvoir lui dire au revoir avec un sourire, ému d'avoir rencontré l'enfant qui se cache peut-être dans ce costume terrifiant.

J'ai peur, Anne.

Si là-haut, si jamais, il me faudra une bonne raison pour redescendre.

Alors je cherche les vraies bonnes raisons.

Souviens-toi. J'ai démissionné. Quelques jours passent. Et puis je me crashe, je me brise en morceaux épars. Les collègues m'appellent souvent, me glissent des paroles comme des béquilles. Pas toi, pas une seule fois. Tu es la seule à être restée silencieuse.

Etayé, haubané, consolidé de moults morceaux de ferraille et de vis, tel un vieux trois mâts rafistolé de bric et de broc après la tempête, j'ai réappris lentement à me lever, à mettre des chaussettes, enfiler et lacer des chaussures, marcher. Et le téléphone sonne toujours autant. Mais jamais il ne distille ta voix dans l'écouteur.

Je reprends le travail quelques jours, heureux de marcher, heureux d'être debout, heureux de laisser ma place de chasseur de chiffres aussi propre que possible. Tu me parles au téléphone comme si rien ne s'était passé…Le dernier jour, je démarre une dernière fois mon ordinateur, récupère les derniers messages. Tu es là, sous la forme d'une adresse et d'un numéro de téléphone. Le tien.

Les jours puis les semaines ont passé. Les anciens collègues se sont fait silencieux. Je pensais de moins en moins à les appeler, c'était la vie. Et toi, tu t'es mise à me téléphoner. Puis à m'écrire…J'en étais heureux. Frustré aussi, les mots que nous échangions ne racontaient encore et toujours que le travail et pas grand chose de la vraie vie. Lorsque je tentais une timide incursion sur le sujet, tu essayais de nous ramener par tous les moyens sur un terrain où je te sentais moins sur le qui-vive, c'est à dire nos anciennes affaires et mes anciens clients.

Alors que je ne rêvais que de connaître un peu plus cette Anne devant laquelle la collègue se serait enfin effacée. Cela aurait pu être tellement plus simple, l'amitié en dehors du boulot. Timidement, tu t'es découverte au fil des mois et de tes rares missives, au hasard de quelques mots sur ta vraie vie. C'était si peu, et pourtant énorme. Un ou deux mots que tu n'avais jamais prononcés auparavant. Et que tu n'évoquais plus dans la lettre suivante.

Je t'ai raconté un peu ma vie. Trop content de pouvoir me confier un peu, j'espérais que tes paroles se mettraient en marche, éclairant cette collègue de la lumière de la vie et des vraies raisons.

Ces vraies raisons, qui s'appellent Anne, j'aimerais les rencontrer, enfin et les faire miennes. Que tu le veuilles ou non. Après tout, j'ai bien le droit de ne pas te demander ton avis puisque le silence est ta phrase préférée. Je n'ai plus de timbre, ni d'enveloppe. Demain matin, je vais confier cette lettre à Maria qui, sans que nous puissions discuter beaucoup faute d'une langue à partager, m'a déjà compris comme une mère peut comprendre un fils.

Je t'embrasse.

Musho, fait chaud

Anne,

A sept heures, Gérard finissait la dernière cuillérée d'un petit déjeuner rabelaisien. Nos estomacs étaient comme nos sacs : pleins à craquer et prêts à exploser. Comme l'ascension démarre assez bas dans la vallée, David nous a recommandé de partir avec des chaussures basses et légères, que nous abandonnerions dans les rochers au-dessus du camp de base, histoire de ne pas transformer nos coques plastiques bien étanches et parfaitement isolées en sauna ou en culture de champignons pour pieds mal lavés. Bien que notre destination ne soit pas très fréquentée, j'ai eu un dernier réflexe d'européen soucieux du respect de sa propriété et de son argent :

— David, t'aurais pas une vieille paire de chaussures auxquelles tu ne tiendrais plus ?

— Si, si, bouges pas !

Mes pieds n'en ont pas cru leurs orteils : le gauche s'est retrouvé dans une basket blanche datant des années soixante dix, le droit copinait avec une petite chaussure en toile bleue, orpheline de son lacet parti vers d'autres aventures, genre midinette de quinze ans allant sur la plage à Saint-Tropez. J'éclatais de rire à l'idée de marcher à plus de quatre mille dans cet équipage, qui aurait été l'exemple parfait de ce qu'il ne faut pas faire dans le cadre d'un reportage télévisé à Chamonix début août, pour rappeler au vacancier bedonnant que la montagne, c'est du sérieux.

Quelques minutes plus tard, la maison s'est rempli des « Han ! » que chacun de nous poussait pour arracher son sac à dos du plancher des vaches. Cette fois, Ernesto nous serre la main et Maria nous fait la bise. Je lui glisse ta lettre, et elle me un clin d'œil. Le mini-bus est déjà devant la porte, quatre mains qui descendent du toit du véhicule arrachent les sacs de nos épaules qui retrouvent une forme normale. Les sardines se sont entassées dans la boîte de conserve et le mini bus a démarré direction plein nord.

Nous jouissons en silence des heures courtes que nous passons confortablement assis sur ces miracles que sont les sièges d'un véhicule motorisé. Quel confort, quel plaisir de regarder défiler le paysage sans effort, sans le poids du sac sur les épaules.

Un hameau, une route principale. Le mini-bus s'écrase le nez sur une barrière qui marque la fin du voyage : Musho. Il fait chaud, terriblement chaud, les mouches vrombissent avec une énergie débordante autour de nous.

Un arriero, des mules. Les sacs à dos ornent leurs flancs de taches multicolores. Sitôt la dernière attache serrée, elles filent sur un chemin, aspirant dans leur sillage l'arriero et les alpinistes réfugiés sous leurs chapeaux. Chacun file son rythme, les tchacs tchacs des bâtons martèlent les pas de chacun. Les eucalyptus embaument l'air et enrobent nos pensées d'un parfum douçâtre et émollient.

Pendant ce temps, tu subis les affres de ce coaching à la McKinley. J'imagine la situation d'ici.

Lui, c'est un costume Hugo Boss aussi fluide qu'une rivière aux beaux jours. Le cheveu en brosse, l'œil bleu d'acier, le front dégagé, le menton volontaire, le nœud de cravate impeccable fige son buste superbe dans la blancheur virginale de sa chemise. Ses chaussures noires sont tellement bien cirées que tu t'imagines qu'il mate le dessous des jupes pour vérifier la présence d'une culotte avant de trousser l'innocente femelle dans quelque placard à balais. Il est parfait, ses abdos ne sont qu'une gigantesque tablette de chocolat. Sa voix suave te susurre des mots aussi alambiqués que son parfum qui excite tes narines.

Lui :

— Anne, je peux vous appeler Anne ? Appelez-moi Eric, ce sera tellement bénéfique pour notre communication.

Toi :

— D'accord Eric.

Lui :

— Peut-être pourriez vous commencer par vous présenter, votre background est très important pour personnaliser ce petit training.

Toi, tu te présentes, tu lui expliques que tu es technicote, ce qui est un terme bien plus charmant, car féminin, que pisse devis ou bouc émissaire.

Lui :

— Très bien, Anne. Toutefois, il me serait très utile de connaître la définition exacte de cette expression triviale de, comment avez vous dit ? « Pisse-devis », c'est cela ?

Toi :

— Eric, vous voyez cette pile de papier de vingt centimètres ? Ce sont toutes les demandes de prix en retard. Comme j'en reçois en permanence, je n'ai pas le temps de répondre à toutes, et encore moins de les relancer pour les transformer en commande. C'est pour cela que je ne suis qu'une pisse-devis…

Là, tu vois ces sourcils en accent circonflexe, signe indubitable de la circonspection la plus totale. Il réfléchit un instant, et reprend sa mâle assurance.

Lui :

— Bien, bien ! Et si nous envisagions tous les deux les solutions qui vous permettrait d'améliorer votre performance tout en globalisant vos compétences, dans le cadre d'une démarche d'empowerment ?

Toi, sceptique comme un mécréant indécrottable :

— Si vous voulez Eric. Cela dit, il vous faudra être concis car il est neuf heures et c'est l'heure du grand démarrage.

Lui :

— Qu'est ce que le grand démarrage, Anne ?

Et là, ton téléphone se met à sonner. Toi :

— Ça.

A peine fini ce premier appel d'un client qui a reçu avec quatre mois de retard un matériel qui ne lui était pas destiné, nouvel appel d'un mécontent qui guette toujours après son offre. Puis un troisième qui a besoin d'un prix et d'un délai.

Eric ne peut plus placer un mot. Ton téléphone n'arrête pas, lui coupe le sifflet. Au bout d'un moment, il s'assoit. D'abord bien droit. Puis il s'avachit au fur et à mesure que les heures défilent. Midi arrive, tu es toujours ventousée au téléphone. Son ventre gargouille, il a faim. Il est tellement effondré par cette avalanche de plaintes, gémissements, engueulades que lorsque tu lui demandes, à la faveur d'une accalmie de dix secondes s'il a vraiment un conseil à te donner, il répond, d'une voix blanche :

— Il faut que je prenne du recul avant de trouver la solution.

Toi :

— Ok, à tout à l'heure.

Il disparaît, sa petite serviette de cuir à la main, les lunettes de soleil tendance en serre tête sur la brosse qui a perdu un peu de sa superbe. Il file vers un restaurant à terrasse ombragée, se consoler avec une note de frais copieuse. A quatorze heures, tu es toujours pendue au téléphone, épuisée, quand il décide d'aller prendre du recul chez lui. Il y Roland Garros à la télé, ça fait longtemps qu'il n'a pas dégusté un match en entier et en direct.

Tu ne le reverras pas. Il ne remettra même aucun rapport. Tout juste une facture que la Direction Commerciale acceptera sans sourciller, trop heureuse d'avoir enfin pu mener une action en profondeur au sein de ses troupes exsangues.

Moi, je regarde le cœur plein de joie mes chaussures de clochard faire merveille et me propulser léger comme une fleur sur une crête soulignée d'un Quenuãl solitaire, sémaphore planté là pour signaler la frontière du monde des terriens.

Encore quelques efforts, et un dernier lacet dénoue le suspense en libérant un village de tentes, explosions de couleurs et de formes rebondies.

L'arriero se morfond au milieu de nos sacs éparpillés sur le sol, couronne chamarrée vénérant les déjections soulagées des mules allégées. Quelques paroles, quelques dollars, un au-revoir de pure forme, et voilà la silhouette grise qui file vers le tapis vert de la vallée.

Faute d'une autre possibilité plus solitaire, nous érigeons sans hésitation l'unique tente à coté d'autres tentes, à coté d'autres aventuriers que la planète a conviés à quelque messe secrète et purificatrice sur cette dernière marche avant le début du ciel.

Marie reluque, avide, les pistaches de deux américains beaux comme des dieux de l'Olympe.

L'onguent des rayons du soleil qui se frayent un passage jusque dans la vallée nous anesthésie de tiédeur, frêles esquifs qui se laissent bercer au ronron millénaire du réchaud. Les yeux mi-clos, je regarde les alpinistes aller et venir mollement. Des cliquetis de mousquetons, de broches qui tintinnabulent, des fourchettes qui raclent des bols, de l'eau qui grésille au contact d'une gamelle brûlante, des auvents qui flappent sous l'effet des dernières rafales de la brise montante, une mule qui proteste au loin, plus bas. Gérard raconte son ascension de l'Elbrouz avec David, Etienne revient sur le refuge au pied du Chimborazo, construction sommaire mais dont il réalise aujourd'hui le luxueux confort. Marie s'imagine en train de déguster son tourteau mayonnaise.

Je suis parti remplir les gourdes au torrent. L'eau glacée apaise mes mains brûlées par le soleil, et c'est bon. Le repas terminé, je me suis proposé pour aller faire la dernière vaisselle possible avant plusieurs jours. La gratitude silencieuse des yeux tournés vers moi m'a rempli de joie. Dire que dans la vie de tous les jours, il faut rejeter du travail et des problèmes sur les autres pour pouvoir vivre en paix et être considéré comme compétent…

Je t'écris. Tout à l'heure, je sens que je vais découvrir la sensation de la sardine dans sa boîte, puisqu'il faut que j'aille m'imbriquer dans le puzzle des corps qui vont s'entasser dans la tente. Il est huit heures, il fait nuit et le camp est déjà silencieux. Quelques ronflements transpirent de ci de là et scient patiemment la nuit insensible à ces impertinences. Le torrent murmure maintenant, le froid a stoppé la fonte du glacier qui se venge de la chaleur de la journée en laissant dégouliner un air glacial au ras des rochers écorchés.

Lors d'un stage de formation intensive, un Chef m'avait reproché de ne pas accompagner mes collègues lors d'une soirée resto-boîte de nuit. C'était le signe indubitable que je ne faisais pas partie du groupe ni de la société...J'avais beau avoir répondu que le plus important à mes yeux était d'être suffisamment frais pour pouvoir assimiler le contenu de la formation le lendemain, il m'avait vite fait comprendre que l'important était de le rassurer quant à mon adhésion à la ligne du parti, c'est à dire à ses directives. Et dire que le même personnage s'était moqué de ces tribus sauvages qui imposaient certaines épreuves aux adolescents pour passer à l'âge adulte, ou pour pouvoir intégrer le groupe des guerriers...

Ici, je fais partie de l'expédition que je dorme ou pas, que j'écrive ou pas, que je m'isole ou pas. Personne ne me fait de remarque. Sauf Etienne, qui va me traiter d'intello à la noix d'un ton boudeur et amusé parce que je vais l'écraser d'un genou assassin tout à l'heure pour venir m'installer, alors que Morphée lui tend déjà les bras.

Je te laisse, elle est infidèle et particulièrement vorace cette Morphée qui ferme implacablement mes paupières.

Pleins de bises endormies.

Camp Un, la cérémonie

Incroyable, ces roches rabotées, limées, usées, arrondies, polies par la main d'un glacier à l'abrasion souveraine, sur lesquelles nous avançons, posant méticuleusement nos semelles. J'ai laissé mes chaussures d'approche dans un repli de terrain abrité et à l'écart du chemin. Nous avançons, concentrés sur notre équilibre, vers le glacier que nous apercevons maintenant. Lassé de la vallée des hommes qu'il fréquente depuis tant d'années, il se prépare à une retraite bien méritée vers les hauts sommets, laissant derrière lui cet incroyable glacis rocheux en hommage à sa gloire passée.

Nous avons cru un instant pouvoir quitter la terre ferme dans une sérénité recueillie, lorsqu'un italien a surgi au-dessus de nos têtes. L'air triomphant, la barbe de baroudeur et la logorrhée verbale qui s'échappent du personnage sont les signes indubitables de ses victoires sur les quatorze huit mille du globe en solitaire et sans oxygène, plus le Huascaran.

Nous nous mettons à dire du mal de cette avalanche de borborygmes qui veulent être des paroles, sous prétexte qu'il manque d'humilité et de respect. A moins que nous ayons peur de ne pas y arriver et qu'une certaine jalousie ne se soit emparée de nous.

Une fois les chaussures affublées de leurs douze pointes d'acier, nous avons pris pied sur la glace. Le souffle court, le pas lent, l'équipe s'écartèle le long de la pente glacée, au gré des capacités de chacun. Eric essaye de tromper l'ennemi, c'est à dire le dénivelé, en tirant des bords comme un marin qui remonterait le vent. David rame, le frêle esquif de notre tente arrimé à la va-vite, c'est à dire en joyeuse touffe informe, aux lanières de son sac à dos. Marie n'est plus qu'un petit point plus bas, fourmi glacière dure à la tâche. Etienne rentre la tête dans les épaules, les yeux rivés au sol pour éviter de réaliser l'ampleur de l'effort qu'il va devoir fournir. Gérard tire sur ses bras, comme si ses bâtons allaient enfin le propulser vers le nirvana de la lévitation. Nous tendons comme nous pouvons vers une cascade de glace encadrée par deux immenses barres de séracs qui s'écroulent régulièrement avec grand fracas, en sacrifice à la gravité qui modèle le paysage.

David reste fidèle à ses principes éthiques et décide d'installer le camp à l'écart du véritable camp, épidémie de pustules fluorescentes trois cent mètres plus au sud. La tente une fois montée, nous découvrons l'incroyable cérémonie qu'est la préparation de nos couchages

David, tel un présentateur de télé-achat :

— D'abord, vous installez le baudrier et la corde pour ceux qui en ont une au pied de votre couchage.

Nous, dans un hochement de tête :

— D'accord.

David :

— Ensuite, vous étalerez avec un minimum de plis le surpantalon et la veste imperméable sous le tapis de sol pour former une couche isolante supplémentaire. Puis le tapis en mousse dense quoique fine vient par-dessus, et accueille le duvet. C'est clair pour tout le monde ?

Nous :

— Ok David, c'est clair.

David :

— Mais là, les amis, vous allez découvrir une fonction particulièrement astucieuse de votre sac de couchage : ce dernier sert de refuge à bon nombre d'invités et dont la compagnie est parfois un peu dure : gourdes, bouteilles de gaz qui ont là une occasion inespérée de ne pas geler, vêtement divers.

Gérard :

— Mais alors, on fait comment pour dormir avec tout ce fourbi dans le sac ?

David :

— C'est juste. Ta remarque a beau être très logique, ma réponse ne le sera pas moins mes chers amis : vous n'êtes pas là pour dormir, mais pour grimper sur un sommet de plus de six mille mètres. Maintenant, je vous laisse vous installer.

Marie :

— Je crois que c'est clair, il n'y a plus qu'à obtempérer.

Une bonne heure plus tard, les sardines sont enfin rentrées dans le rang, et ne serait-ce la masse imposante d'Etienne, nous pourrions presque croire qu'il reste un peu de place. David, après une inspection quasi militaire de chaque couchage, s'est transformé en soubrette et prépare le dîner alors qu'il n'est que dix sept heures trente.

C'est le régime hôpital, pour êtres humains en quêtes de souffrances...Il fait bon dans notre bulbe de nylon qui emmagasine comme il peut les derniers rayons du soleil. Un magicien éteint le soleil d'un coup et lance le gel à l'assaut de la vallée.

Une soupe, un plat lyophilisé, de l'eau. Gérard et Etienne ne protestent même pas devant le caractère frugal du repas, signe avant coureur du corps qui regimbe à l'altitude et à l'effort. Il est dix neuf heures. Le froid s'insinue par le moindre interstice dans le nylon, signant son avance victorieuse par une auréole de givre qui s'étend minutieusement pour rejoindre l'auréole voisine. Les ronflements de Gérard tronçonnent le silence à petits coups, la lumière de ma lampe joue les prolongations encore quelques minutes avant que la fatigue ne l'emporte définitivement.

Anne, dix neuf heures, c'est le moment où ton téléphone arrête de sonner. Le chef n'est plus sollicité par les grands chefs, il devient plus accessible... Tu peux enfin aller le voir pour les questions importantes, les problèmes de fond. L'apéro, ce n'est pas pour tout de suite, il faut encore que tu rédiges quelques offres ou courriers. Avant la nouvelle avalanche de catastrophes du lendemain matin.

Il est dix neuf heures ici, et mes compagnons dorment. Demain, ils ne s'en réveilleront pas moins, et le soleil sera toujours là pour nous montrer le chemin. Nous n'avons pas eu l'illusion de produire quelque chose aujourd'hui, à part ces quelques pas lents et humains qui nous ont arrachés à la gravité pour nous amener un peu plus haut, encore et toujours. Il ne pouvait y avoir d'autre urgence que celle de notre propre vie, de notre propre corps...et d'autre nécessité que celle de notre propre envie.

Te souviens-tu de ce client qui t'avait obligée à lui envoyer une proposition un vendredi après-midi, à quatre heures, parce que c'était urgent, une offre qu'il devait envoyer le soir même ? Tu l'avais rappelé quelques minutes après pour lui donner la définition technique, le prix, le délai : il était parti en week-end aux dires de sa secrétaire. Qu'avait-il besoin de tant te presser ?

A quoi jouons-nous tous, Anne, sinon à croire que nous sommes tellement importants que nous avons le droit d'oublier qui nous sommes ?

Il faut que j'économise ma pile électrique et que je joue à être moi-même, c'est à dire fatigué, alors je te laisse.

Cinq mille et quelques bises.

Camp deux

Ce matin, tout est difficile. Se réveiller avec la tête lourde de l'altitude qui pèse, le corps endolori par les colocataires du duvet. Avaler son petit déjeuner alors que le manque d'oxygène noue l'estomac. Plonger dans le froid polaire, mâchoire fantastique car invisible qui guette l'innocent au sortir de la tente. Enfiler les coques plastiques raidies par le gel, que les doigts endoloris par le froid arrivent à peine à entrouvrir pour dégager le chemin au pied. Aller rendre les honneurs à Dame Nature qui nous rappelle nos besoins élémentaires.

Nous sommes dans l'ombre du Huascaran qui engloutit de son ombre titanesque toute la vallée dans sa gueule glauque.

L'altitude ralentit tout, la pensée comme les gestes. Il faut bien deux bonnes heures avant que nous nous encordions pour le départ. C'est le moment que le soleil choisit pour venir enfin nous réchauffer. La petite chenille s'engage dans la Garganta, cette cascade de glace entre les deux chutes de séracs qui ont repris leur concert chaotique et fracassant. David file devant tester les différents passages, je lui emboîte le pas à bonne distance avec Eric pour ne pas risquer d'être englouti d'une seule bouchée avec nos collègues si un pont de neige venait à nous jouer un sale tour. Nous cheminons aussi rapidement que nos jambes et nos poumons nous le permettent dans un incroyable entrelacs de crevasses cyclopéennes et de séracs torturés et acérés, le tout en équilibre instable, ce qui donne une bonne idée de la roulette russe. Une échelle en alu, laissée par quelque expédition pour se faciliter la descente, nous offre un passage rapide de la crevasse qui marque la sortie de cet escalier démoniaque et fourbe.

Une large vallée glaciaire s'offre alors à nos yeux, entravée ça et là de gouffres gigantesques, bordée à droite et à gauche par les Huascaran Nord et Sud, mamelles hypertrophiées dont la laitance surabondante s'écoule en gigantesques avalanches dans la vallée qui devrait être douce, accueillante comme une poitrine féminine. Elle n'est que crevasses, ponts de neige, rafales de vents, nuages déchiquetés. Plus haut, nous devinons dans un mélange de nuages et de glaces la lèvre monumentale de la crevasse au pied de laquelle quelques points de couleur signent, péremptoires, l'emplacement du Camp 2.

C'est dans cette ambiance de sécurité toute relative que nous faisons une pause casse croûte silencieuse, pendant que David file en éclaireur commencer à installer notre campement.

Nous dressons la tente, sur une petite plate forme cernée de toute part par des gouffres insondables, campement en équilibre oh combien fragile entre le ciel et la terre, pressés de retrouver son exiguïté si confortable et rassurante. Rongé par le froid, le cerveau liquéfié, l'estomac noué par les efforts fournis, je quitte cet abri divin pour vaquer à quelques besoins naturels. C'est un moment terrible, le corps offert en pâture à la traîtrise des crevasses, le froid et le vent, en signe de sacrifice à un Dieu de terreur ignorant le pardon.

Moussah

Moussah,

Je t'appelle Moussah, mais en fait je ne te connais pas. On ne m'a jamais parlé de toi, et pourtant je sais que tu existes.

Tu habites un petit village de huttes de paille et de boue séchée, à quelques kilomètres du lac Tchad. Tu as un petit ventre gonflé par la faim. Ton père dépense ses dernières forces à cultiver quelques arpents de terre carbonisée par un soleil de plomb. Milles ruses réussissent à peine à permettre à quelques touffes malingres de percer çà et là la croûte craquelée par la sécheresse qui dure maintenant depuis tant d'années. Ta mère déploie milles astuces chaque jour pour que tu puisses manger un peu. Du mil, du sorgho, je ne sais pas quel est le nom de ce qu'elle trouve à te préparer. Mais elle se prive de ce qui lui manque déjà cruellement sans une plainte, sans un remord, pour que tu puisses encore manger une journée, et encore une autre, et puis encore une de plus, toujours. Sa journée, elle la passe à cette tache, et à une deuxième, aussi importante. Elle marche des heures pour aller chercher de l'eau et la ramener dans une grande jarre qu'elle porte sur sa tête. Ici, l'eau, c'est de l'or. Ton père regarde religieusement cette jarre dans laquelle il va puiser les quelques gouttes qui feront tenir encore un peu ses maigres cultures. Son corps n'a même plus assez d'eau pour qu'il puisse pleurer devant ta petite vie qui s'en va, goutte après goutte. Même le chagrin est sec ici.

Là bas, tout là bas, il y a le lac. De l'eau à perte de vue. Un matin, alors que ton père accompagnait les quelques chèvres qui lui restent en quête d'un pâturage un peu moins pauvre que les terres aux alentours immédiats du village, il a vu des tuyaux posés sur le sol, à la queue leu leu. Des bulldozers creusaient des tranchées. Au bout de la tranchée et des tuyaux, petit Moussah, il y a une station de pompage. Il y en a aussi trois autres, plus loin dans la région. Ouest, Est, Nord, Sud. Ce sont leurs noms. Elles pointent dans toutes les directions de la terre pour lancer l'eau précieuse gonfler ton corps et tes veines du précieux liquide, et faire exploser sur tes papilles les délices des légumes et des céréales qui pousseront drus comme tes rêves. Tu assisteras à ce spectacle magique de l'eau qui s'engouffre dans les pompes et les gondolera de milles vibrations. Plein d'espoir, tu courras le long des canalisations pour assister, les yeux ronds de bonheur du liquide transparent qui coule dans le réseau des canaux, jusque chez toi. Encore un peu de patience, et tu verras des larmes de bonheur couler des yeux de ton père, soulagé de la peur de l'avenir.

Petit Moussah, cela fait des mois que je travaille sur les pompes de ces stations de pompage. Pour que ça marche, je regarde tout : les dimensions des bâtiments, les hauteurs d'eau, leurs positions par rapport au canal d'amenée, les longueurs, pour qu'elles ne vibrent pas, qu'elles ne cassent pas, pour qu'elles durent longtemps. J'y travaille le samedi, le dimanche, pour être sûr de ma concentration et de mes calculs.

Au début, tout le monde se moquait de moi, tellement j'y croyais. Puis les mois ont passé, et le projet est devenu appel d'offres. Et là, tous mes Chefs, en France, au siège de la multinationale, se sont mis à me téléphoner, tellement le Chiffre avait besoin de cette commande pour aller bien. D'abord hebdomadaires, les appels sont devenus quotidiens. Que fait le client ? Pourquoi ne passe-t-il pas la commande ? On peut faire un point rapide sur la situation ? J'en étais terrifié, de ces Chefs recrutés pour leur expérience, leur maturité, leur hauteur de vue, qui s'agitaient comme des gamins en train de faire un caprice autour de cette commande qui se refusait à eux, comme une mère refuse une sucette au petit enfant qui n'a pas été sage. On aurait dit que la Vie ou la Mort dépendait de mes lèvres.

Et puis la Commande est arrivée.
Et mes Chefs s'en sont allés, satisfaits.
C'est là que les ennuis ont commencé.

Les plans que l'usine devait fournir en quatre semaines, et qui arrivent en quatre mois. La fabrication qui prend du retard, comme toutes les fabrications. Une semaine, puis un mois, puis deux, puis trois. Puis quatre. Au cinquième, c'est le chantier qui prendra un an de retard. Car pour acheminer les pompes jusque dans ton pays brûlé par le soleil, il faut parcourir des milliers de kilomètres de pistes qui deviennent impraticables à la saison des pluies, là bas, plus à l'Ouest, plus au Sud.

Je proteste. Puis je hurle, je tempête. De plus en plus fort. De bas en haut de la pyramide. Du plus humble au plus grand. Le plus grand finit par me dire qu'il faut relativiser, qu'il y a des choses plus importantes dans la vie.

La fabrication a pris six mois de retard, et le chantier un an. Un an de sécheresse pour toi. Voilà petit Moussah, il faut relativiser. Comment, tu ne sais pas relativiser quand ton ventre a faim et soif ? Tu manques de maturité ! Ton père et ta mère ne sont pas capables d'assurer ta subsistance ? Ils auraient pu réfléchir à deux fois avant de forniquer dans le péché et te mettre au monde ! Tu n'es qu'un sale pauvre, petit Moussah ! Disparais à jamais de notre vue, tu gâches le paysage avec ta misère ! Disparais, on en a marre de ta frimousse affamée qui nous révèle notre mauvaise conscience ! Meurs, petit Moussah, c'est la meilleure chose que tu puisses faire !

Tu n'as même plus assez de force et de voix pour nous susurrer à l'oreille que si tu n'as plus d'eau, c'est sans doute parce que nous avons modifié le climat à force de produire des bidules et des machins qui ne servent à rien d'autre qu'à produire d'autres bidules et d'autres machins que tu n'imagineras jamais tellement ils sont inutiles, sauf qu'ils polluent l'atmosphère que tu respires.

Alors, si tu ne peux même pas parler, pourquoi veux-tu que nous écoutions ton silence ?

Voilà, petit Moussah. J'ai cru un instant pouvoir t'aider un peu, et en définitive j'ai participé à ton malheur. Tu ne me connais pas, tu ne te doutes sans doute pas que j'existe, et pourtant nos destins se sont croisés. Je suis une des causes de tes souffrances et de celles de tes parents, j'ai voulu y remédier, et je n'ai fait que te tuer un peu plus. J'avais un contrat envers toi, et je ne l'ai pas respecté. Il faut relativiser, c'est à dire penser au Chiffre, et à rien d'autre.

Je t'ai tué, et tu es la preuve de notre suicide collectif. Car si nous ne respectons plus la parole donnée à l'autre, c'est que nous ne nous respectons plus. Nous n'avons plus de valeur. Nous sommes morts, et nous ne l'avons pas encore réalisé.

C'est normal, nous savons tellement relativiser.

Sauf quand il s'agit du Chiffre.

Nuit blanche

Le givre étend son empire partout à l'intérieur de la tente. Cela m'est presque aussi rassurant que le chant des oiseaux dans la touffeur d'une nuit d'été, à dix sept mille kilomètres, un hémisphère, un continent et un océan d'ici : dans le champignon jaune, giron de nylon, point de vent, le froid est presque chaud, une vague chaleur humaine se répand, le vent n'est qu'un bruit de toile, loin, très loin, c'est à dire à une main au-dessus de ma tête.

Une nuit à six mille mètres, c'est une nuit blanche. Ici, tout est blanc, partout. Même la nuit. Une maigre soupe pèse des tonnes dans l'estomac que le corps ne veut plus traîner depuis longtemps tant il est déjà trop lourd des efforts qu'il ne peut digérer. Le cerveau cherche son souffle, les idées hallucinent lentement dans la touffeur anoxie. Alors on se réduit à l'essentiel, boire beaucoup, respirer, rassembler ses affaires pour le départ du lendemain, se caler au milieu des autres. Malgré tout, la chaleur des sacs de couchage et l'envie de continuer vers cette folle idée qui s'appelle sommet, aident à se détendre, à récupérer.

Les lampes frontales se sont éteintes depuis longtemps, laissant place nette à ma nuit blanche. Je m'étonne d'être là. Je ne sais plus trop ce que je suis venu chercher. Ou fuir. Je ne suis plus sûr de rien. La nuit n'est qu'un immense doute.

Je ne rêve plus que de l'essentiel. A tes cheveux qui frôleraient mon cou, ton dos tendre et souple sous mes mains qui remonteraient et descendraient lentement, tes mains qui m'attireraient à toi, et ta respiration qui suggérerait sur mon menton tout ce que tu n'aurais pas besoin de me dire.

En fait, ce n'est rien d'autre que cela, ma nuit blanche : ton absence.

La nuit se troue soudain de la chenille lumineuse des premières cordées qui se faufilent le long de notre tente et vont déchirer la glace et le froid toujours plus loin, toujours plus haut, toujours plus seules. Marie, excédée de notre attente hypocrite, sonne le glas de notre immobilité en décrétant qu'il est l'heure du petit déjeuner.

Cheveux hagards et regards hirsutes, les sardines s'agitent dans leur boite de conserve. Le simulacre de petit déjeuner est vite expédié. Puis les mains s'agacent, sous la lumière des frontales, à enfiler sur un corps éberlué un vêtement échappé du fouillis, à finir de réunir les quelques artifices nécessaires à la fin de l'ascension.

Les acteurs rentrent en scène un à un, sortant de la tente comme des nouveau-nés s'extraient du ventre de leur mère, c'est à dire lentement et dans la souffrance des poumons qui aspirent pour la première fois un air coupant et froid comme l'acier. Combien fait-il ? Moins vingt, moins trente ? Qu'importe, nous aspirons à petites goulées douloureuses le fluide vital, de peur de défaillir. Il est deux heures du matin.

Chacun gratte la neige autour de la tente pour retrouver les crampons, les piolets, les bâtons. On se dépêche autant que faire se peut, c'est déjà trop vite pour le cerveau, c'est déjà trop lent pour le froid. Gérard, comme un automate, s'active parmi nous, ombre pliée en deux par le poids de la nuit épaisse.

Sommet ?

Illusions de cosmonautes, nous nous encordons et prenons la route du sommet des étoiles, qui jettent un éclat pur et glacé sur notre dérisoire chenille de lumière qui se dandine, grand-mère impotente vers son destin andin. Une crevasse géante, grande gueule exhalant le noir plus noir que la nuit, enjambée dans un élan de générosité par un confortable pont de neige tente une dernière fois de nous retenir.

Les halos de nos lampes progressent on ne sait par quel miracle dans les traces de nos prédécesseurs qui touchent déjà le ciel loin au-dessus de nos têtes. Marie pleure de toute son âme, le froid essaye de lui arracher un à un tous les doigts.

Le chaos de glace devient encore plus aléatoire et fragmenté, plus mystérieux, titanesque labyrinthe de possibilités. Mais cela ne m'inquiète pas, la tête est trop lourde pour s'inquiéter de quoi que ce soit. Un rêve éveillé me cogne le nez sur le sac d'Etienne. La cordée de David est engagée dans l'ascension d'un sérac vertical d'une quinzaine de mètres. Les piolets lacèrent la glace, les éclats nous aspergent d'une pluie de griffes. Les pointes avant des crampons s'acharnent sur le monstre. Le cœur tente de rompre toutes les digues de nos corps étonnés. Le cœur est la seule chose vivante, elle cogne à grands coups dans nos oreilles, le reste n'est qu'une souffrance ensommeillée et muette. Etienne, dans un éclair de lucidité, réussit à me faire passer la consigne de David : réunir les deux cordées. Combien de temps ai-je mis pour trouver le bon nœud et le bon point d'attache sur le baudrier de mon Etienne ? Le cerveau patauge dans la semoule, les idées sont gluantes et lentes comme un escargot apeuré.

Les lèvres ne laissent passer que nos souffles désordonnés, il faut économiser la moindre parcelle d'énergie pour que les pieds puissent encore saper un à un les mètres d'altitude.

La nuit tire sa révérence d'un coup. Un peu plus à l'Est, quelques nuages altiers et potelés comme des bébés innocents se teintent en rose instantanément avant de disparaître, sournois, effarouchés par le soleil qui les talonne sans leur laisser la moindre chance. Ils sont trop jeunes, trop tendre, trop roses. Ils sont naïfs, ils apprendront.

Tout est extrême ici. La lenteur de la pensée. La plainte du corps qui geint de toues ses membrures sous le poids de l'effort. La pente de neige immaculée qui file, parfaitement lisse désormais, sous nos pieds hérissés de l'acier qui nous agrippe vaille que vaille au monde. La terre qui se dévoile de plus en plus vaste, de plus en plus courbe, à nos yeux irradiés. La chaleur d'enfer qui remplace instantanément le froid sibérien dès le soleil réveillé. La précision du geste, pour poser en un équilibre fugace le sac le temps de se déshabiller. Enlever un vêtement sans réfléchir à l'espace qu'occupe le corps, et c'est un bâton, qui file dans une droite limpide vers son destin gravitationnel. Gérard le regarde sans un mot, sans une pensée. Il l'a déjà oublié. Il n'y a plus d'espace pour le regret. Il n'y a rien d'autre que le présent.

Le Pérou est de plus en plus grand, les pas d'Eric et Gérard de plus en plus lents. Nous sommes à nouveau seuls, tous les deux sur cette corde qui se tend de plus en plus souvent, de plus en plus longtemps, de plus en plus fort. Une cordée porteuse du sourire épanoui du sommet foulé et du rêve achevé laisse le poids des chaussures entraîner vers la vallée en longues foulées glissées ses membres ébahis de bonheur.

Je ne pense plus, je ne sens plus. Je ne suis plus qu'un pas qui flotte dans l'irréel de la lenteur et de l'altitude. Miséricordieux, un voile de nuages jette un peu de fraîcheur sur ce désert vertical et glacé dans lequel nous suffoquons pourtant. Et puis Gérard, coquille vide à la dérive, vomit la souffrance ultime. Il jette l'éponge. Il n'en peut plus de notre rythme, de notre volonté. Il n'en peut plus de nous, ni de lui. Il se décorde, s'assied sur son sac et nous supplie de continuer sans lui. Ma corde se détend dans ma main, et Eric s'abandonne lui aussi. Il quémande un accord silencieux pour rester là, avec Gérard, assis sur son sac, sur un vague replat dans la pente blanche, entourée de brouillard blanc, en plein ciel blanc. Le regard de David nous embrasse depuis l'écran de ses lunettes impénétrables.

— Bon, d'accord. Mais vous restez immobiles à coté des traces.

— Ok, murmure la voix d'outre tombe d'un Gérard qui a perdu toute substance.

Ces phrases résonnent à n'en plus finir dans la caverne obscure de mon crâne. De vagues bribes d'idées se coagulent en une pensée trop fugace pour que la parole puisse la saisir au vol. Et si nous les laissions à jamais ? Et s'il ne fallait pas les laisser ? Et si leur présence était un bien précieux, à ne dilapider sous aucun prétexte ?

Les rescapés reprennent leur lent et long monologue pédestre. La corde qui me reliait à Eric dégouline de ma main en anneaux piteux. Je ne suis plus relié qu'à moi-même, autant dire trois fois rien, à peine une paire de pieds qui avancent lentement, petit morceau d'être entre ciel et terre. Les secondes se font minutes, puis dizaines de minutes. Le disque solaire est de plus en plus ténu à travers les nuées qui coulent, douces et innocentes. Je ne regarde plus devant moi, ni autour. Mes pieds ont hypnotisé mon regard, et le reste m'indiffère. Je n'ai plus d'énergie pour rien d'autre. Ma vie se résume à mes deux pieds qui avancent, sans raison, par habitude.

Je suis sur le plat. Combien de temps cela me prend-t-il de réaliser ce simple changement ? Je crois que c'est juste l'ombre colorée de David dans un recoin de mon champ visuel qui a réveillé mon cerveau. Il n'y a rien d'autre que les taches colorées de nos vêtements dans le jour blanc. Quelques traces imperceptibles dans la lumière maintenant ténue partent à vau l'eau errer dans l'espace.

David :
— Ça y est, on est sur le plateau sommital !
Marie :
— Et il est où, le sommet ?
David :
— C'est un point un peu plus haut que les autres quelque part devant nous.
Etienne :
— T'es sûr que c'est devant nous ?
David :
— Je suppose, oui.
Moi :
— Et c'est grand devant nous ?
Marie :
— Et on saura comment qu'on y est ?
David :
— Je ne sais pas, on le saura.

La tête de Marie rentre imperceptiblement dans ses épaules. Etienne se courbe un peu plus sur le bâton qui le soutient tant bien que mal. David sonde l'espace devant lui. C'est le moment que choisissent deux flocons pour venir voltiger négligemment devant mes yeux. Je regarde les anneaux de corde dans ma main, le bout auquel Eric était attaché tout à l'heure pend comme un cadavre.

Alors, j'ai pensé à ce grand plateau devant nous et aux traces qui pourraient nous mener au sommet et que nous ne distinguons plus que péniblement désormais. J'ai pensé au sommet, qui n'était qu'un petit point à peine un peu plus haut que les autres dans la mélasse immense.

Est-ce pour cela que je suis venu jusqu'ici ? Arriver sur un point dans le néant, et regarder cette corde qui ne me rattache plus à rien ? Laisser un à un les flocons recouvrir sous un linceul glacé les traces qui nous permettrait encore de retrouver Eric, Gérard, pour un endroit à peine distinct d'un autre ? Laisser filer une à une les minutes qui me séparent de la vie immense qui m'attend encore, de la chaleur, des rires, du plaisir d'une bière qui laisse éclater une myriade de bulles sur la voûte enchantée du palais, assis confortablement à une terrasse ensoleillée en train de me régaler les yeux des filles qui aguichent sans le savoir ? Laisser s'effilocher les dernières mailles invisibles qui me relient au monde des hommes simples pour ce plaisir stupide qu'est la phrase sans retour et sans appel qu'est l'annonce du devoir accompli, de l'objectif atteint ? Suis-je ici pour faire mes devoirs ?

En fait, Anne, je n'ai jamais vraiment eu envie de ce sommet. Je ne veux vraiment qu'une chose. Oser me montrer tel que je suis, petit homme faible et tendre et non pas ce coureur de montagnes et de nuages qui semble si fort.

Et trouver ton chemin, t'admettre telle que tu es, m'enrichir de toutes tes différences. C'est dénicher au fond de moi-même ce souffle de vie qui donne envie de toi, de moi, de nous. Dire enfin l'amour, le désir, exister à travers l'autre, les autres, tous ceux que je refuse parce que j'ai peur de ne pas être meilleur, différent, plus fort, plus digne d'amour. Arrêter de vivre plus vite, plus haut, plus fort. Seul. Misérable. Je n'ai personne avec qui partager ma vie, alors je n'existe pas. Je suis pauvre de ton absence, je suis mort de mes mains qui ne te caressent pas, je suis triste de ne pas t'entendre marcher à coté de moi, malheureux de tes yeux qui ne me regardent pas, effondré de ton sourire que je ne vois pas, écrasé par le silence de mon téléphone qui ne résonne pas de tes appels.

Je t'aime et c'est tout. Je veux juste pouvoir te le dire. Je veux juste pouvoir t'écouter, te regarder. Un instant, rien qu'un, sera toujours plus riche, plus fort, plus vivant que cette terrible perdition dans laquelle j'ai commencé à mettre un pied.

Va savoir pourquoi, ça m'est tombé dessus comme un gros paquet de plomb qui coule sur les épaules. J'ai inspiré un grand coup.

Demi-tour

Moi :

— David, ça change quoi, une taupinière plus haute que les autres ? C'est ça l'important, une taupinière ? C'est important, laisser Eric et Gérard se perdre à l'autre bout du chemin que la neige a commencé à masquer ? Pour pouvoir dire quoi ? Qu'on est allé au sommet ? Qu'on est monté à six mille sept cent soixante huit mètres ? Regarde le temps, il est en train de tourner au grand mauvais ! Le seul objectif, c'est d'arriver en bas vivants et au complet ! L'important, c'est qu'on se retrouve autour d'une bière à Musho, en train de rigoler. C'est pas de mourir comme six cons perdus en pleine tempête. C'est plus pour nous, ici. Imagine si on ne retrouve pas Eric et Gérard ! Ça vaudra quoi, le sommet, si on a deux mort sur la conscience ? C'est ça l'important, le sommet à tout prix, quel qu'en soit le prix ? Ça sert à quoi d'être tout en haut, et de se retrouver tout seul juste après ?

Marie ne laisse pas échapper l'occasion.

— T'as raison, c'est le plus important. On est tous trop crevés, ça devient trop dangereux ici, allez, on fait demi-tour, y en a assez de cette galère dans le brouillard.

Etienne a opiné de la tête, trop fatigué pour dire qu'il pensait comme nous.

David nous a regardé.

— T'as raison, Simon, on fait demi-tour.

Je suis heureux comme jamais je ne l'avais été. Un instant fugitif, je me suis hissé au niveau du Père, je l'ai pris par la main pour le faire descendre de son piédestal. La statue du commandeur devient enfin humaine, parce qu'elle réfléchit, elle doute, elle a peur, elle ne sait plus. Cette statue de marbre si lisse et parfaite, à la parole si lourde qu'elle en est glaciale, à l'expérience si grande, apparaît enfin aussi faible que moi, que nous, que tous. Pourquoi se réfugie-t-elle dans cette dureté impériale ? Elle est descendue à nous, et je ne l'aime que plus de la voir si semblable à moi-même. Je suis rassuré de la voir en proie au doute, émerveillé de sentir l'icône vibrer de tout son être à nos quelques paroles. Le Chiffre est mort, la vie est de retour.

A quoi servent toutes ces qualités de Père si elles ne mènent à rien d'autre que la souffrance, la solitude et la mort ?

Les nuées se sont épaissies. Le disque solaire n'est plus visible. Une lueur diaphane entoure toutes choses. Le moindre bruit griffe le silence et se noie aussitôt dans le brouillard. Les flocons sont plus petits, plus légers, plus nombreux. Redescendus récupérer nos deux naufragés, nous nous rencordons méticuleusement, rapidement, silencieusement. Les gourdes déversent à grandes goulées l'eau froide qui meurtrit les gorges mises à vif par le froid et l'air sec. Quelques miettes de barres de céréales à peine suffisent à remplir les estomacs. Nous protégeons nos corps sous les quelques couches que contiennent encore nos sacs. Nos têtes disparaissent dans nos capuches.

Je suis à l'avant de la petite caravane. David veille à l'arrière de la cordée, vigie en haut du phare, la main prête à enrayer un dévissage collectif. Je file, aussi vite que la corde m'en laisse la liberté, sur la trace que mes yeux ne lâchent pas une seconde. Les petits flocons noient, assassins innocents et opiniâtres, ce vague sillon qui nous aurait conduit pourtant de bon cœur quelques minutes plus tôt vers la tente et la chaleur de nos duvets.

Je suis désormais un vrai chien de chasse, des yeux à la place de la truffe. La moindre bosse que laisse apparaître la mince couche blanche, c'est la preuve que la trace est là, dix centimètres à gauche ou à droite. Une zone un peu concave, c'est la trace. Des grumeaux qui affleurent, c'est la trace, c'est la certitude de pouvoir entraîner dans ma foulée tout mon petit monde dix mètres un peu plus près de la tente, un peu plus près de toi, un peu plus près des hommes.

Et puis plus rien. J'avance encore quelques mètres, mais plus rien. Ou plutôt si, un sérac émerge du néant, solitaire. La trace passe-t-elle à gauche ou à droite ? Je ne sais pas, ma mémoire s'était laissée endormir par la prière lente nos pas vers le sommet.

David arrive de l'arrière. Il me regarde un instant, et nous n'avons pas besoin d'échanger de mots. Il prend la tête, et je me retrouve derrière. Garant de la vie de six personnes, je devrais être fier de la confiance qu'il m'accorde. En fait, je regarde Eric tituber devant moi. L'absence de repère visuel suffisamment clair vient brouiller son oreille interne, et le voilà qui ricoche de gauche à droite sans trêve, en quête perpétuelle de son équilibre. Mes nerfs se tendent. Devant, David tâtonne, précautionneusement. Il rebondit sur le souvenir fugace de ce qu'a pu être le chemin pour sauter par-dessus une crevasse que nous avons oubliée depuis longtemps. Nous continuons à descendre et c'est bien là l'essentiel.

Il neige un peu moins, l'étau des nuages s'est un peu déchiré. Je m'imagine les poitrines de mes compagnons respirant un peu plus librement. Même si la trace est entièrement recouverte, le cheminement redevient plus évident. Je repasse en tête, avec pour mission de nous amener juste au-dessus du sérac qui nous a obligé à livrer bataille ce matin.

La pente est plus raide. On ne doit plus être très loin du fameux passage. Comme un automate, j'essaye de confectionner un relais avec deux broches à glace. Je m'acharne de trop longues minutes à les visser, les revisser. Mais la glace est aussi féroce que le mauvais temps qui nous entoure : elle éclate, s'effrite sous les morsures des broches, se dérobe à mes prières, m'ôtant tout espoir de nous offrir un minimum de sécurité. Comme si ce mot pouvait encore avoir une signification...

Je m'incline devant l'évidence, fataliste, et mes cinq compagnons me rejoignent. David organise une moulinette et descend un à un Eric, Etienne, Gérard. Dérisoire parole, il me demande, avant de m'envoyer les rejoindre, de les emmener à l'abri. Comme si nous pouvions être à l'abri de ces gigantesques séracs qui nous surplombent.

Le mauvais temps semble se déchirer autour de nous, maintenant. David est venu nous rejoindre, et un timide rayon de soleil tente de rallumer quelques couleurs sur le Huascaran Nord, qui nous regarde, petites fourmis, nous débattre dans le labyrinthe de son frère du Sud. Marie sourit maintenant, Gérard lance même une plaisanterie sur l'apéro qui nous attend à la tente, avec quelques olives et des chips. Nous reprenons notre petit bonhomme de chemin, le cœur léger à l'idée de la soupe qui nous attend dans le petit champignon jaune, un peu plus bas, peut-être à une heure maximum, juste avant la nuit

Ambiance

Les tentacules gigantesques des nuées se referment, noircissent. L'Amazonie est en colère, et foudroie en quelques secondes tous nos espoirs : des masses compactes de flocons se précipitent sur nous, poussées à l'assaut par des rafales de froid meurtrier. Je ne vois plus rien. En une ou deux minutes, nous n'avons plus la moindre idée de la direction à suivre. La poudreuse s'insinue partout, annihile toute trace, estompe les moindres reliefs. Nous tentons de passer à gauche, puis à droite, encore une fois à gauche, encore à droite, en passant et repassant sans cesse et sans les voir sur nos pas submergés par la marée blanche. Il n'y a plus de passage, il n'y a plus de haut, de bas, de gauche, de droite. L'univers n'est plus que flocons et vent. David me demande de rester en avant, et de jeter un bâton quelques mètres devant moi pour essayer de deviner le relief.

Mon bâton s'envole, javelot perçant les nuées. Y a-t-il une crevasse entre le bâton et moi ? Mes pas ne sont que tâtonnements, je m'assure de la présence d'un sol quelconque avant de porter franchement mon poids sur le pied qui est en avant. Nous avançons combien de temps comme cela ? Nous découvrons une cordée de péruviens aussi perdus que nous. Ils finissent par se ranger derrière nous, trop contents d'avoir des éclaireurs devant eux, dans ce terrain que chacun sait miné.

Le plus fort, c'est que je suis heureux d'être là. Tout est limpide, simple, sans équivoque, sans mensonge. Le seul enjeu, c'est la vie. Et rien d'autre. Je lis dans les yeux de Gérard la peur de mourir, de rester là à jamais engoncé dans un linceul de glace. Je le comprends, je ne le juge pas. Marie ne dit rien, elle tremble tout simplement de froid. Etienne écarquille les yeux comme un animal au moment de l'hallali. Eric titube comme un marin ivre mort un soir d'escale. David ne dit rien, il me laisse faire, tous ses sens en éveil pour anticiper mon éventuelle chute. L'avenir, ton sourire, toi, c'est droit devant, c'est si simple.

Mon bâton a disparu devant moi. Crevasse, sérac ? J'avance tout doucement. Etienne n'a pas eu besoin de commentaire : Sa main tend la corde fermement, et m'accompagne, rassurante, centimètre par centimètre. Et puis ça y est, j'ai le pied droit dans le vide. Bousculé par les rafales, je me tiens au bord d'un sérac. Peut-être vingt mètres plus bas, peut-être plus, je devine mon bâton en grande partie déjà avalé par la neige. Il fait nuit désormais.

Je recule un peu, et la troupe se regroupe autour de David qui commence déjà à organiser le rappel. Les Péruviens, plus rapides car moins nombreux, descendent en premier. Les lampes frontales s'escriment à percer le mystère de la tempête qui nous entoure. Il fait nuit noire maintenant. Accroupi sur mes talons comme un berger lapon de garde au troupeau de rennes, je regarde les halos lumineux qui signalent mes compagnons disparaître un à un dans le vide. Je n'ai jamais rencontré de berger lapon, mais maintenant je sais pourquoi ils adoptent cette position : le vent a moins de prise sur moi, j'ai moins froid, je tremble moins. Retranché à l'intérieur de ma capuche, j'écoute les rafales de neige gifler le tissu. David me regarde, et lâche :

— Y'a de l'ambiance !

C'est la première phrase qu'il prononce depuis des heures. Quel aveu !

Nous ne sommes plus que tous les deux. Je m'installe pour descendre en rappel. Il m'observe. Est-ce mon visage, est-ce une impression qui émane de moi, est-ce une prémonition, mais il me dit :

— Tu as l'air heureux.

— Oui.

— On est toujours heureux quand on a choisi.

— …

— En tout cas, arrivé en bas, tu remues tout le monde pour qu'on puisse coller le train des péruviens. Ils ont eu l'air de dire qu'une fois en bas, la route était plus facile et le camp proche.

Je me laisse descendre dans le vide. Ma lampe allume des éclats bleus de rêve dans la paroi du sérac, affole une myriade de flocons qui poursuivent un hypothétique Père Noël. Le vent me fait osciller comme une pendule ivre dans la nuit blanche. J'arrête un instant ma descente, et le monde se met à tourner autour de moi. Bleu de sérac, Noir de nuit, mais partout des étoiles blanches, c'est un monde de fête. Les rafales s'acharnent encore sur moi, mais elles ne peuvent plus rien désormais. Réfugié dans ma capuche, bien à l'abri derrière l'écran protecteur de mes vêtements, je suis une forteresse imprenable ce soir.

J'ai choisi une raison, et c'est suffisant.

Je touche les pieds par terre dans la poudreuse qui m'accueille de son amorti velouté, et c'est plein d'espoir et du plaisir de l'essentiel que je rencorde mes compagnons en les secouant de la torpeur mortelle qui les a envahit peu à peu, sous le camouflage innocent de la fatigue.

Je marche dans le noir, guidé par le seul faisceau de ma lampe qui traque infailliblement cette minuscule trace devant moi. Le sol existe à peine, le ciel se fond en lui. La frontière entre les deux est confuse, fin voile de blizzard dans lequel louvoient nos pieds. La trace n'est plus qu'une vague idée qui fonce, désespérée, vers cette petite toile de tente noyée sous la neige, et qui s'appelle chaleur, sécurité. La corde se tend à chaque pas, Etienne et Marie protestent du rythme infernal auquel je nous fais avancer. Mais je ne faiblis pas, je ne doute pas, le blizzard efface inexorablement avec son hurlement démoniaque cette ligne de vie qui me ramène à toi, à moi, à nous et je ne veux lui laisser aucune chance de gagner.

Ma lampe illumine le champignon moucheté de taches jaunes là où la neige ne peut adhérer. Je sens des mains qui me frappent dans le dos en guise de remerciement, je vois des sourires, je vois des êtres humains et je suis immensément heureux.

Naissance

Une poussière d'or nous recouvre entièrement. Le soleil nous lèche d'une douce lumière jaune qui fait scintiller de milles feux les paillettes de givre à l'intérieur du cocon. Quelqu'un s'amuse à balayer la toile au dehors à grands coups de « pffuits » langoureux. Il me faut quelques minutes pour retrouver mes esprits, réaliser enfin. Le vent jette des rafales de neige à l'assaut de la toile.

Nous fuyons dans le blizzard. La poussière de neige soulevée par les rafales estompe toute chose. Nous ne marchons pas, nous faisons voile dans cette mer de neige en furie. Gérard s'arrache la gorge dans des quintes de toux caverneuses.

Nous allons bientôt nous noyer dans cette poussière glacée qui inonde nos poumons. Le soleil est seul miséricordieux, il illumine suffisamment les choses pour nous rassurer quant à notre navigation.

La Garganta nous expulse enfin sur la longue et dernière pente du glacier débonnaire, comme des nouveaux-nés au monde qui s'étale à nos pieds.

Ce soir, le bivouac est une fête. Nous faisons bombance de nos dernières victuailles, gouleyant l'air pur et les rayons de soleil qui rafraîchissent constamment les couleurs des champs et pâturages de la vallée. Ce soir, nous ne sommes pas les maîtres du monde. Nous en faisons partie, c'est plus fort, plus doux et infiniment plus rassurant.

Je t'aime.

Le Pardon

Les nuages ponctuent le ciel de clins d'œils innocents. Plus rien n'arrête le regard. Je fais tourner le monde en douceur, les pieds dans le vide, calé dans mon siège suspendu sous ma grande lame de tissu jaune. Je me laisse monter dans le seul froissement de l'air que le nuage enlève pour quelques minutes aux lois de la gravité. Le parapente danse un peu dans la turbulence, mes mains corrigent la trajectoire sans que je réfléchisse.

Le monde est là, à portée de glissade, offert en spectacle à mes yeux avides. Le monde tourne, à moins que je ne le fasse tourner. J'avance le long du monde, à moins qu'il ne disparaisse sous mes pieds du seul fait de mon imagination.

Quelques mètres à coté, une belle lame violette m'accompagne dans cette communion aérienne. J'aperçois la petite queue de cheval mutine qui dépasse du casque. Je devine les yeux qui pétillent, un sourire radieux qui souligne le bonheur d'être là, suspendue dans les bras de cette nuée éphémère.

Bientôt nous sommes dans les barbules qui se forment et montent avec nous. Nous devenons un peu nuage. Les corps, les mains s'inclinent, instinctifs, accompagnent souvent, ramènent à la raison toujours. Nous pourrions parler, mais cela n'aurait pas de sens. Le chant du vent dans nos oreilles, ses caresses sur nos joues, ses imperceptibles variations sont beaucoup plus que les mots que nous pourrions imaginer.

Nos regards se croisent, et d'une même courbe nous filons là-bas, découvrir ce qu'il s'y passe et si le concert des ascendances accepte de nous emmener encore plus loin, nous passerons une autre crête, découvrirons une harde de chamois au hasard d'une combe, croiserons le gypaète dans quelque vallée reculée, imaginerons la rencontre au bord de la route qui va ramener ces deux auto-stoppeurs descendus du ciel vers leur nid.

Elle est venue, avec sa queue de cheval mutine, ses yeux pétillants, son sourire, me dire bonjour sur ce décollage, un jour de retour du Pérou. Je ne l'attendais plus, son silence durait depuis si longtemps, mes lettres restaient tellement sans réponse. Nous avons parlé, je l'ai entendue, elle m'a entendu, nos mains et nos corps aussi, et tu n'imagines pas le bonheur qu'elle représente.

Désormais, je fais partie du monde, je me tiens droit et heureux devant Lui, et c'est immense.

Je peux enfin te pardonner.

Achevé d'imprimer en France
Protection IDDN